ro
ro
ro

«Dieser kleine Roman ist eine Sensation! Dabei ist es das klassische Rezept des Noir: der kurze Schritt über die Klippe und der Sturz in eine Hölle der Gleichgültigkeit. Eine teuflische Geschichte, die man in einem einzigen Atemzug lesen muss.» *James Ellroy*

rororo

«Eine Tour de Force: kontrollierter Stil und messerscharfe Psychologie. Der chirurgische Blick und die stupende Kombination aus Mitgefühl und Gnadenlosigkeit erinnern mich an Flaubert und Richard Yates, die extreme Schlusspointe an Muriel Spark in ihren dunkelsten Momenten. Ich konnte das Buch nicht aus der Hand legen.» *Michael Chabon*

«Ein großartiger Psychothriller in der Tradition von Richard Yates und F. Scott Fitzgerald, eine Psychopathologie der amerikanischen Elternschaft, ihrer innersten Wünsche und Hoffnungen, Träume und Obsessionen.» *Süddeutsche Zeitung*

«Eines der interessantesten Bücher des Jahres. Weiner erweist sich als irre guter Dramaturg, der mit knappem Personal arbeitet, dieses aber zielsicher ins Desaster führt.» *Spiegel online*

«Weiner hat einen großen Tragödienstoff so intensiv eingedampft, dass er sich zu einer explosiven Mischung konzentriert … Man glaubt zu wissen, was passiert. Aber es ist anders.» *Frankfurter Rundschau*

Matthew Weiner

ALLES ÜBER HEATHER

Roman

Aus dem Englischen von
Bernhard Robben

Rowohlt Taschenbuch Verlag

Die Originalausgabe erschien 2017
unter dem Titel «Heather, The Totality»
bei Little, Brown & Company, New York.

Veröffentlicht im Rowohlt Taschenbuch Verlag,
Reinbek bei Hamburg, Februar 2019

Umschlaggestaltung any.way, Hamburg,
nach der Originalausgabe von Little, Brown & Company
(Gestaltung Janet Hansen)
Umschlagabbildungen Louis Fox,
Getty Images; Javier Díez, Stocksy.com
Satz aus der Caslon 540 bei
Pinkuin Satz und Datentechnik, Berlin
Druck und Bindung CPI books GmbH, Leck, Germany
ISBN 978 3 499 29146 3

FÜR LINDA

ALLES ÜBER HEATHER

EINS

Mark und Karen Breakstone hatten eher spät geheiratet. Karen war schon fast vierzig und längst jenseits aller Hoffnung, jemanden zu finden, der es mit ihrem Vater aufnehmen konnte; und über die siebenjährige Beziehung, die sie nach dem College mit ihrem ehemaligen Kunstdozenten geführt hatte, wusste sie mittlerweile auch nicht mehr viel Gutes zu sagen. Als man sie mit Mark verkuppeln wollte, hätte sie das Date deshalb fast platzenlassen, sprach für den Mann doch eigentlich nur, dass er eines Tages vielleicht reich sein würde. Andere Vorzüge hatte ihre Freundin, lang verheiratet und zum dritten Mal schwanger, nicht erwähnt. Karens verheiratete Freundinnen schienen wie besessen von der Tatsache, dass sie, die Frühverheirateten, sich damals nie Gedanken übers Geld gemacht hatten. Heute, älter geworden, hielt die Sorge um ihre Altersabsicherung sie nachts wach. Karen wollte immer noch einen attraktiven Mann. Sie fand, es wäre ein unerträglicher Kompromiss, täglich in ein hässliches Gesicht starren und sich besorgt fragen zu müssen, ob ihre Kinder später wohl gerade Zähne im Mund haben würden.

Noch hatte keine von den Frauen Mark persönlich erlebt. Sie wussten, er hatte einen guten Job, kam aber nicht aus Manhattan, und Karen hätte vielleicht den Mann einer Freundin ausfragen können, der Mark kannte, doch blieb seinerzeit, da es ja noch keine Mails und SMS gab, für genauere Nachforschungen einfach nicht genug Zeit. Mark hatte ihre Telefonnummer, und wenn er sie wählte, würde sie bestimmt nicht den Anrufbeantworter anspringen lassen. Außerdem klang er ganz nett, auch ein bisschen nervös, was bedeutete, dass er immerhin kein routinierter Frauenaufreißer war. Also verschob Karen ihr Date zweimal, um sich dann, immer noch ohne allzu große Begeisterung, auf einen Drink zu verabreden, was vielleicht ganz prickelnd gewesen wäre, hätte Karen nicht darauf bestanden, ihr Treffen auf einen Sonntagabend zu legen.

Im Schummerlicht der Bar wirkte Mark gar nicht einmal übel, wenn auch unscheinbar, so wie manche Frauen unscheinbar aussehen. Er schien über keinerlei besondere Merkmale zu verfügen, allerdings waren seine Züge auch nicht so ebenmäßig, dass er attraktiv gewirkt hätte. Sein Gesicht war von jugendlicher Fülle, die Nase rund, die Wangen pausbäckig, aber irgendwie wirkte er mit seiner schlanken Figur wie jemand, den man kaum richtig wahrnahm.

Während sie überlegten, ob sie sich noch einen Drink genehmigen sollten, erzählte er, wie ihm jemand im Büro das Mittagessen aus dem Kühlschrank weggegessen hatte. Es kam nicht darauf an, wer es gewesen war, aber er hatte einen Verdacht, weil er am Ärmel einer Empfangsdame einen Senffleck gesehen hatte. Er erklärte Karen, die meisten würden angeblich mit ihren Klienten zu Mittag essen, dabei zögen sie immer nur zusammen in eine Bar und schauten Sport, die reine Geld- und Zeitverschwendung, wohingegen er, der sich sein Essen mitbringe, im Vorteil sei, da er nachmittags meist als Einziger nicht einschlafe. Sie lachte, und er schaute sie irgendwie überrascht an. «Manchmal unterschätzen die Leute mich», sagte er, und für Karen klang das wunderbar.

Karen fand ihn richtig lustig, also waren sie ja vielleicht füreinander bestimmt. Ihm passierten eine Menge Geschichten, bei denen der Witz in der Regel auf seine Kosten ging. Man hätte glauben können, er besäße die Persönlichkeit eines sehr selbstsicheren Menschen, eines Mannes, der einen so starken Eindruck machte, dass er sich ständig kleinmachen zu müssen meinte. Sein Gesicht aber sagte etwas ganz anderes. Sie trafen sich also regelmäßig, und nach drei, vier Wochen hatten sie Sex, bei ihm, da Karen sich die Möglichkeit offenhalten wollte, danach einfach zu gehen. Wollte sie aber nicht. Seine Wohnung war chic, aber nicht übertrieben eingerichtet, und seine Hände hatten ihre Taille so fest umklammert, dass sich ihre Hüfte angenehm wund anfühlte, als sie sich entspannt in die Daunenkissen sinken ließ, die so tröstlich, so vertraut nach Lavendel dufteten. Und dann hatten sie in derselben Nacht noch ein weiteres Mal Sex, und Karen spürte, wie er sie begehrte. Und das gefiel ihr sehr.

*

Marks Vater war Footballtrainer an der Highschool, außerdem in der Schulleitung und Lehrer für Staatsbürgerkunde, weshalb er im gehobenen Mittelklasseviertel von Newton, Massachusetts, auch über Sportlerkreise hinaus ein gewisses Ansehen besaß. Inmitten der vielen gut betuchten Familien mit ihren wohlerzogenen, wiewohl rebellischen Kindern fand Mark erst allmählich heraus, wer er wirklich war, nämlich so etwas wie der Sohn des Chauffeurs. Er hatte alles, was auch die anderen hatten, bloß in minderer Qualität: ein altmodisches Dreigangrad, kaum Sammelkarten, unspektakuläre Urlaubsreisen, und die auch nur selten, Sneakers aus der Wühlkiste im Supermarkt.

Da sein Vater fand, dass es Mark an der nötigen Aggressivität für den Sport fehle, hörte er irgendwann auf, ihn ständig unter Druck zu setzen, überzeugt, sein Sohn eigne sich wohl am besten dazu, zusammen mit den Mädchen die echten Krieger zu unterstützen. Später ließ Mark dann doch noch athletische Fähigkeiten erkennen, und zwar im Geländelauf, der zwar Disziplin verlangt, aber Sport für Einzelgänger ist und ohne Teamwork auskommt, wovon sein Vater am meisten hielt. Spätestens in der Oberstufe wusste Mark, dass er lieber aus dem Hintergrund heraus konkurrierte und dass er mit Männern nicht gut auskam, weil er in der Gruppe immer an den Rand gedrängt wurde.

Frauen blieben Mark ein Rätsel. Seine Mutter war die ewige Cheerleaderin, und seine ältere, intelligentere Schwester hielt als Teenager die Familie mit dem Drama einer Essstörung in Atem, ihre Art, das Erwachsenwerden hinauszuschieben, ein Kampf, den sie schließlich gewann, als sie mit siebzehn Jahren von einer Behandlung beim Arzt kam und einen tödlichen Herzinfarkt erlitt. Außerdem musste Mark mit der Zeit erkennen, dass er vom väterlichen Charisma nichts geerbt hatte und dass sein körperliches Erscheinungsbild, vor allem sein Gesicht, ihm auch nicht gerade half, Frauen gegenüber selbstsicherer aufzutreten.

Dass seine Schwester gestorben war, bescherte ihm einige Aufmerksamkeit, er selbst hatte sich mit ihrem Tod abgefunden, und seit ihrer langen Krankheit war er es zudem so sehr gewohnt, allein zurechtzukommen, dass sich kein Mädchen vorstellen konnte, wie einsam er sich fühlte. Vor allem aber waren ihm durch den Tod seiner Schwester die Eltern fremd geworden, die kaum noch mit ihm sprachen, sich in stumpfsinnige Ablenkungen flüchteten und begannen, das über dem Scheitern ihrer jahrelangen Rettungsmission heruntergekommene Haus zu putzen, anzustreichen und zu renovieren. In seinem letzten Jahr auf der Highschool hatten sie ihr Augenmerk vom Haus auf den Hof ausgedehnt, da die Gartenarbeit es ihnen erlaubte, Stunden um Stunden auf den Knien im Dreck zu verbringen, bis sie sich irgendwann nicht mehr sonderlich von dem klammen Gemüse unterschieden, das sie ernteten, um es in Körben im Windfang verfaulen zu lassen. Mark fragte sich, ob irgendetwas je ihren stummen, heftigen Kummer lindern würde, und beschloss, ihnen zuliebe zu überleben und erfolgreich zu werden, wobei ihm zugleich klar war, dass materieller Wohlstand und ein guter Schreibtischposten es ihm erlauben würden, in eine Welt aufzusteigen, in der all das hier nie geschehen war.

Mark mochte Karen, weil sie gar nicht wusste, wie schön sie war. Ihre Augen blau, das Haar pechschwarz, die Figur kurvig, aber sportlich. Als er den Arbeitskollegen, der ihr erstes Treffen arrangiert hatte, fragte, wieso er dieses Detail denn nicht erwähnt habe, gestand der, sie selbst nie gesehen zu haben. Seine Frau kannte Karen und hatte gesagt, sie sei eine Acht – eine Sieben, hatte sie eigentlich gesagt, aber das konnte er Mark gegenüber nicht wiederholen, vor allem, weil der sie in aller Öffentlichkeit eine Zehn genannt hatte. Der Kollege freute sich, war aber auch neugierig geworden, und als er Karen auf der Weihnachtsfeier endlich kennenlernte, konnte er gar nicht glauben, wie schön sie tatsächlich war, wenn auch keine Zehn; aber wirklich Hammerbrüste.

In der Nacht, in der Mark und Karen sich dann schließlich voreinander auszogen, verfolgte er sie mit seinen Blicken, als sie aufstand, ihren Morgenmantel anzog und ins Bad ging. Es war eine mondhelle Nacht, und in der blauen Luft schimmerten ihre Brustwarzen fast purpurrot, die Haut so milchig, ihre Schenkel so prall, die Fesseln so schlank. Vom Sex mit ihr würde er wohl niemals genug bekommen – er nahm diesen Gedanken sehr ernst und wusste, sie würden heiraten.

*

Man hätte meinen sollen, dass ein Mann wie Mark, der mit vierzig noch nicht reich war, niemals mehr reich werden würde, allerdings arbeitete er in einem Finanzsektor, in dem jederzeit ein großer Coup möglich schien. Während ihrer Verlobung stand eine Beförderung in Aussicht, mit einem Bonus, der sie in den Wohlstand katapultiert hätte. Jetzt, da sie ein Paar waren und die sozialen Früchte ihrer Ehe ernteten – Essen mit anderen Paaren, die Freuden garantierter Gesellschaft am Silvesterabend und am Valentinstag –, haftete ihnen der Ruch von Leuten an, die immer kurz vor dem Erfolg standen. Während der ganzen Zeit, in der sie die Hochzeit planten, schien die Beförderung zum Greifen nah, und beide dachten, was für eine rauschende Feier sie veranstalten könnten, wenn es dazu käme, sie sorgten sich aber auch, dass es vielleicht nichts würde damit, sie sich dann verschuldeten und Mark sich möglicherweise sogar eine neue Stelle suchen musste.

Karen war bereit, ihre Verlagskarriere hinter sich zu lassen, da die Arbeit monoton und klatschlastig war und sie tatsächlich kaum etwas mit Schriftstellern zu tun hatte. Zudem arbeitete sie genau genommen gar nicht in der Verlagsbranche. Mit diesem Ziel war sie zwar nach New York gekommen, doch erwies sich die Konkurrenz als unüberwindlich, weshalb sie sich über Aushilfsjobs ins angrenzende Feld der Public Relations vorarbeitete, wo sie den bescheidenen Glamour von Independent-Filmen und Restauranteröffnungen genießen konnte und der Welt der Verlage immerhin verlockend nahe kam. Irgendwann behauptete sie dann einfach, sie arbeite in einem Verlag, da sowieso kein Mensch begriff, was mit Public Relations gemeint war, vor allem nicht mit Karens freiberuflicher Variante, außerdem fiel – als einmal jemand *publishing* statt *publicity* verstand – die Reaktion ihrer Zuhörer deutlich freundlicher aus. Irgendwo unauffällig im Hintergrund buchte sie Reisen und Auftritte für Autoren und Verleger, und nachdem sie einmal für ihren Boss hatte einspringen müssen und zur Entschuldigung das ideale Geschenk mitbrachte – handgeschöpfte Schokolade neben Käse mit Pflanzenaschestreifen –, begann sie, themenspezifische Geschenkkörbe zusammenzustellen, die so speziell und exquisit waren, dass man ihr vielfach riet, sie zu ihrem eigentlichen Job zu machen.

Das Lob, mit dem man sie für diese unbestellte Nebentätigkeit bedachte, verdeutlichte aber auch ihren offensichtlichen Mangel an Begeisterung und Elan für den eigentlichen Beruf, in dem sie festsaß. Anders als ihre Vorgesetzte war sie nämlich weder in der Lage, ihre Vorstadtmanieren gänzlich abzuschütteln, noch vermochte sie wie auf Knopfdruck und mit Sonnenbrille im Haar vor Fremden ihren Charme sprühen zu lassen, sodass sie, als ihr aufging, Mark könne von ihr verlangen, den Beruf gegen ein Dasein als Frau und Mutter zu tauschen, von dieser Vorstellung ziemlich begeistert war. Karen wusste, dass es in Manhattan keine Hausfrauen im herkömmlichen Sinne gab und auch dass sie durchaus ihre Erfüllung darin finden könnte, der Schule auszuhelfen, sich ganz dem Nestbautrieb hinzugeben und Dienstboten zu beaufsichtigen.

Als Mark dann zwei Wochen vor der Hochzeit bei der Beförderung übergangen wurde, reagierte Karen dermaßen erschüttert, dass sie sich fragte, ob sie nicht einen Rückzieher machen solle. Und wie sie mitten in der Nacht in ihrer Küche saß und das Für und Wider auf einen Zettel notierte, stellte sie sich auch der schrecklichen Frage, ob sie ihn eventuell nur des Geldes wegen heiraten wollte. Aber nein, sie war ein besserer Mensch, das wusste sie. Sie wusste auch, dass das, was sie unter Liebe verstand, durch Marks Nähe zu Liebe geworden war. Sie wollte nicht einfach bloß ein Kind, ehe es dafür zu spät war; sie wollte mit ihm zusammen ein Kind. Das war sehr wichtig; es war sogar der einzige Punkt auf der Liste, den sie aufgeschrieben hatte, und es freute sie so sehr, sich auf diese Übung eingelassen zu haben, dass sie sich fragte, warum sie nicht schon früher so mutig gewesen war, ihre Wünsche für die Zukunft auf einem Stück Papier zu fixieren.

*

Mark wurde reich, zumindest nach jedermanns Maßstäben, wenn auch nicht den eigenen. In der Firma war er für seine beneidenswerte Fähigkeit bekannt, potenzielle Schwächen von Aktivposten zu erkennen. Bei Aktien, Anleihen und Immobilien, insbesondere aber bei der Beurteilung von Firmen gelang es ihm, untermauert von mathematischen Analysen, stets genau jene fehlende

Werthaltigkeit zu erkennen, die Geschäfte riskant machte, sodass er häufig Hinweise geben konnte, die Geld einbrachten oder doch zumindest einen Abschluss einleiten. Trotzdem war es letztlich nicht sein Talent, das ihn reich machte, sondern das Glück, einer Gruppe anzugehören, die, nachdem sie sich eine Universitätsstiftung ins Boot geholt hatte, eine gewaltige Kommission unter sich aufteilen konnte. Und verdammt, natürlich hatte ihm die ausbleibende Beförderung fast die Hochzeit verhagelt, aber immerhin war er jetzt am rechten Ort zur rechten Zeit, und nun hatten sie ein großartiges Jahr. Und dann noch eins. Und gleich darauf noch eins. Er wurde wirklich wohlhabend, weshalb überhaupt kein Anlass mehr bestand, sich Sorgen zu machen. Vielleicht war er nicht der reichste Mann in New York, aber er konnte sich fast alles leisten, was dazugehörte; nur in Hochglanzzeitschriften tauchten sie noch nicht auf.

Er wollte natürlich mehr, zumindest genug für ein Haus auf dem Land und auch einen jener Preise, mit denen man großzügige Philanthropen auszeichnete, doch beruhigte ihn, dass Karen gesellschaftlich nicht hoch hinauswollte und sich mit ihrem Wohlstand abfand, als wäre sie damit geboren worden und müsste nichts und niemandem etwas beweisen. Das liebte er an ihr, er beneidete sie sogar darum und fragte sie schließlich, wie es ihr gelinge, Zurückgezogenheit zu suchen und damit zufrieden zu sein. Als sie sich eines Abends eine sehr teure Flasche Wein gönnten und dann im erschöpften Nachspiel beieinanderlagen, erzählte ihm Karen, andere Frauen hätten sie nie als Maßstab genommen, da sie sich in Gruppen stets anpasse und meist mit der Rolle der nickenden Zuschauerin zufrieden sei. Und doch fragte sie sich vor Mark mit weicher Stimme und großen Augen, warum dies nicht genügte. Sie hatte was gegen Klatsch, war sie doch selbst einmal das Opfer eines besonders grausamen Gerüchts geworden, dem zufolge sie sich in einem Sommerstrandhaus einer Gruppe angeschlossen hatte und geblieben war, ohne eingeladen gewesen zu sein. Dieses Gerücht blähte sich dann zu der Unterstellung auf, sie habe was an ihrer Brust machen lassen, vielleicht auch an der Nase, womit ihr endgültig der Ruf anhing, ein ziemlich hoffnungsloser Fall zu sein. Ihr blieb es ein Rätsel, warum man gerade sie ausgewählt hatte, und sie konnte es sich nur damit erklären, dass man sie offenbar geeignet fand, die Unsicherheiten der Gruppe zu verkörpern, und ihre natürliche Scheu für Selbstvertrauen hielt. Mit dem Kopf auf seiner Brust umschlang sie Mark in ihrer Nacktheit und offenbarte ihm, sie habe – wie er – unter der Grausamkeit der anderen leiden müssen, verstehe mittlerweile aber, dass man sich nie so sehen könne, wie einen die anderen sehen, und dass es durchaus in Ordnung sei, nach außen isoliert zu wirken, solange man nicht vergesse, dass man eben nicht so ist, wie andere einen sehen.

Karen weckte Mark an seinem einundvierzigsten Geburtstag mit dem Kopf unter der Bettdecke, den Mund über ihn gestülpt. Nachdem sie sich die Zähne geputzt hatte, kuschelte sie sich an ihn und verkündete, sie sei schwanger. Bei aller situationsbedingten Erschöpfung war seine Begeisterung durchaus spontan, und seine Liebe zu Karen wuchs noch, als sie ihm in strategischem Tonfall die Notwendigkeit einer größeren Wohnung darlegte. Eine Woche lang hatte sie geplant, wie sie das ihrem Mann beibringen sollte, und dass er mit ausreichendem Enthusiasmus reagierte, machte sie schwindlig vor Erleichterung.

Mark fand das alles phantastisch: Er ermöglichte seiner schönen Karen genau das Leben, das sie sich wünschte; er gründete eine Familie, eine Dynastie; vor allem aber genoss er ihre Fähigkeit, binnen Minuten von animalischer Lust zu praktischen Überlegungen zu wechseln. Am liebsten hätte er es gleich noch einmal mit ihr getrieben, nur wusste er nicht, wie ratsam das in ihrem Zustand war. Karen lachte ihn an: Sie fand ihn immer noch lustig, und während sie sich liebten, merkte er, dass sich ihr Körper auf eine Weise veränderte, die ihm gefiel. Als sie kam, spürte er, wie alle Sorge von ihr abfiel und sie in der Wärme der Vorfreude verschwand.

Karens Schwangerschaft verlief ereignislos, sah man davon ab, dass sie in diesen Monaten in ein Haus mit zehn Eigentumswohnungen westlich der Park Avenue umzogen, eine Gegend, die als eines der letzten intakten Wohnviertel Manhattans galt. Drei Schlafzimmer, kein Balkon, aber direkt unterm Penthouse, und eine Sicht über die Dächer alter Brownstones ohne irgendetwas im Blickfeld, das nach dem Zweiten Weltkrieg gebaut worden wäre, und es gab an jeder Ecke einen Optiker und einen Coffee-Shop, außerdem ein Lebensmittelgeschäft, das wie ein Tante-Emma-Laden aus der guten alten Zeit aussah, dazu einige wenige hohe Gebäude, deren Fahrstühle man noch durch blitzende Messingtüren betrat.

Die Eigentümerversammlung gab sich ungnädig und wenig zugänglich, bis Mark in den Hintergrund trat und zuließ, dass Karens Bauch und ihre Strahlkraft das Ruder für sie beide herumwarf. Ihre Tochter wurde im Lenox Hill Hospital zu einer passablen Uhrzeit geboren; Mark war da, und die Kleine kam nach Hause in ein gutgefülltes Kinderzimmer und zu einigen neuen Freunden, die Karen beim Eintritt in die Welt der Schwangerschaftsgruppen und Buggyläden kennengelernt hatte. Sie gaben ihr den Namen Heather. Mark gefiel der Anklang an sein schottisches Erbe, an dessen Heidelandschaft, doch war das eher Zufall; Karen hatte den Namen in einem Buch gefunden und meinte, nie eine Heather getroffen zu haben, die nicht schön gewesen wäre.

Anders als ihre Freundinnen schickte Karen die Säuglingsschwester bald wieder nach Hause, da sie weder das Stillen noch die Schlaflosigkeit oder das Führen eines Babybuchs als Last empfand. Eigentlich begrüßte sie selbst die heftigsten Störungen, bot ihr jeder Kontakt, auch um drei Uhr morgens, doch nur wieder eine Gelegenheit, ihr Baby zu berühren und zu riechen. Die Freude an Heather überstieg alles andere, und so lehnte sie auch weiterhin fremde Hilfe ab und hielt jeden einzelnen Tag mit Bildern und Notizen fest, die sie allerdings nie zu zeigen brauchte, da Mutter und Kind unzertrennlich waren und man Heather sowieso jederzeit in Fleisch und Blut erleben konnte. Als Heather vier Jahre alt wurde und in den fürsorglichsten und progressivsten, wenn auch nicht unbedingt renommiertesten Kindergarten kam, war es Karen, die nicht aufhören konnte zu weinen. Und während die Tage vergingen, lag sie die wenigen Stunden, die Heather im Kindergarten verbrachte, mit gebrochenem Herzen im Bett und erwachte erst zur Abholzeit zu neuem Leben, wenn sie wieder Kekse backen, gemeinsam Videos schauen oder einfach nur im Park spazieren gehen konnten.

*

Etwa zehn Jahre ehe sich Mark und Karen zum ersten Mal trafen, wurde Robert Klasky als Kind einer alleinerziehenden Mutter im städtischen Krankenhaus von Newark, New Jersey, geboren. Bobby, wie man ihn nannte, war ein vom medizinischen Personal unentdeckt gebliebenes Wunder, hatte seine Mutter während ihrer überwiegend unbemerkt verlaufenen Schwangerschaft doch selten etwas anderes als Bier zu sich genommen. Man gab ihm den Nachnamen der Mutter, da es viele Männer gab, die als Vater in Frage kamen, sofern sie die mausbraunen Haare und die blauen Augen von Bobby hatten.

Bobbys Mutter blieb so lange wie möglich im Krankenhaus, ehe sie in das kleine holzverschalte Haus in Harrison zurückkehrte, in dem sie schon einen Großteil ihres unglücklichen Lebens verbracht hatte. In Harrison hatten früher vor allem Polen gewohnt, jetzt lebten hier immer noch vorwiegend arme Weiße, was für diesen Teil New Jerseys eher ungewöhnlich war. Das Städtchen hätte malerisch wirken können, wären die Zeichen der Armut nicht allzu unübersehbar gewesen, die schiefhängenden Fliegengittertüren, die Müllhaufen, herumliegender Schrott und das schwarze Geflecht von Telefonleitungen, die sich über den Horizont spannten.

Bobby bekommen zu haben änderte nur wenig an der Überzeugung seiner Mutter, dass Heroin das Beste in ihrem Leben sei. Sie hatte nie vorgehabt, als Erwachsene in Harrison mit all diesem «Pack» zu leben, wie sie die Leute nannte. Ihrer ablehnenden Haltung zum Trotz ließ sie sich aber immer wieder auf Penner, gewalttätige Junkies und Besoffene ein, die eine Mahlzeit zu schätzen wussten, ein Dach über dem Kopf und eine Frau für den Spaß. Noch vor seinem zehnten Geburtstag hatte Bobby Zigarettenstummel gegessen, Bier getrunken und den Lovern seiner Mutter und manch einer ihrer Freundinnen geholfen, sich einen Schuss zu setzen, wenn sie es selbst nicht mehr hinkriegten.

Oft wurde er mitten in der Nacht geweckt und ins Wohnzimmer geschleift, ohne zu wissen, ob man ihn als Punchingball oder Partyclown brauchte. Seine Mutter lebte von der Stütze und vom Klauen, vor allem in den guten Jahren, als das Stadion und auch sonst allerhand in der Stadt gebaut wurde, meist aber jobbte sie in Schönheitssalons und fegte das Haar auf. Manchmal arbeitete sie auch als Amateurkosmetikerin, was sie ideal fand, da sie dabei ihre Lieblingsserien gucken, in die Kasse greifen und mit großer Autorität über anderer Leute Aussehen urteilen konnte.

Für beide, für Bobby und seine Mutter, war es eine Erleichterung, als er eingeschult wurde. Bobby gefiel die Schule, weil sie eine gewisse Ordnung bedeutete und weil ihm zum Essen etwas anderes vorgesetzt wurde als Weißbrot mit Formfleisch, allerdings merkte er bald, dass er cleverer als die meisten Schüler und Lehrer war. Er fand heraus, dass er fast alles bekam, wenn er nur die Wahrheit über seine Mutter oder seine Armut erzählte. Vor allem von den jüngeren Lehrerinnen, denen dann Tränen in die Augen traten und die ihm Fastfood kauften und versprachen, dass sich die Dinge ändern würden. Was natürlich nie geschah. Im schlimmsten Fall bekam seine Mutter Besuch von der Behörde, aber sie ließ sich durch nichts aus der Fassung bringen, kannte keine Scham und empfing die Bürokraten und Gutmenschen meist in einem übergroßen Schlaf-T-Shirt oder in ihrem schäbigen Kimono.

Bobby verbrachte die meiste Zeit allein. Im Sommer fiel es ihm am schwersten, vor allem, wenn das Haus voller Junkies war und er nur ohne Ton fernsehen durfte. Er ging dann oft runter an den Fluss, dessen Ufer vollgemüllt waren mit alten Reifen und entsorgten Geräten, und er fühlte sich einsam und krank, weil er sich selbst «auch weggeworfen» vorkam, wie ihm ein Gefängnispsychologe eines Tages erklärte.

Nichts faszinierte ihn so sehr wie Tiere. Für ihn waren sie wie Menschen, stumm und hilflos, vor allem die überfahrenen Tiere auf der Straße, die er aufhob und in der Garage versteckte, um sie später genauer zu untersuchen. Nur durch Zufall entdeckte er seine eigene Macht, als er einen Vogel fand, der sich in der Air-Condition am Fenster verfangen hatte. Bobby stellte die Anlage an und sah ehrfürchtig zu, wie das Tier von den Rotoren zerhackt wurde, bis Blut aus dem Ventilator spritzte.

Bobby ging von der Highschool ab und fing in einem Holzlager an, belud LKWs und später, sobald er einen Gabelstapler bedienen konnte, auch Paletten. Er wohnte weiterhin zu Hause, sicherte irgendwann sein eigenes Zimmer mit einem Vorhängeschloss, sah in seiner Freizeit fern, trank Wodka und lauschte dem sinnlosen Gelaber und explosiven Gelächter der Freunde und Lover seiner Mutter während ihrer allnächtlichen Zusammenkünfte.

Manchmal gab es Krach, dann ging er einfach und setzte sich draußen auf die Stufen, oder er holte sich im Eckladen noch ein paar Bier. Ein Nachbarmädchen, sie nannten sie Chi-Chi, saß auch oft auf den Türstufen vor ihrem Haus. Er fand sie sehr schön und sah ihr schon an, dass sie überlegte, wie sie ihn kennenlernen könnte. Einmal dann, an einem besonders verhangenen Samstagnachmittag, überquerte er die Straße ein wenig früher, damit er nahe bei ihr vorbeikam, und sagte: «Schön sonnig heute, nich?» Sie erwiderte sein Lächeln, und er freute sich, dass er ihr gesagt hatte, was man so sagt.

ZWEI

Marks Leben änderte sich durch Heather kaum. Anfangs gab es auch nur wenig für ihn zu tun. Karen kümmerte sich um alles, und das erschien ihm auch sinnvoll, da er das Baby nicht stillen konnte, die Windeln nicht wechseln mochte und sich im Büro aufhielt, wenn all das Baden und Spaziergehen anstand. Irgendwann aber merkte er, dass Karen und Heather wie eine geschlossene Einheit lebten, die ihn außen vor ließ. Seine Versuche, sich ihnen anzuschließen, wurden durch sein Unwissen vereitelt, und es stimmte ja auch, dass es für Karen einfacher war, alles selbst zu erledigen, statt ihm dabei zuzusehen, wie er sich abmühte, die Kleine anzuziehen oder die Tasche für einen Spaziergang im Park zu packen.

*

Er war deshalb nicht böse auf Karen, sondern mit sich selbst unzufrieden und sah seine Verbannung auf den Beobachterstatus als einen weiteren Beweis seiner Unzulänglichkeit, die sich nun auch im Büro nicht länger übersehen ließ. Mark war es nie gelungen, sich in den Hallen der Finanzwelt unverzichtbar zu machen. Auch wenn er eine angemessene Leistung erbrachte und mehr Geld verdiente, als er sich jemals erträumt hatte, sah er doch eine Reihe minder verdienstvoller Männer an sich vorüberziehen, die sich eher durch Beziehungen auszeichneten als durch finanztechnische Kompetenz, und er gab am Ende die Hoffnung auf, je die Abteilung leiten oder gar im Firmenjet Platz nehmen zu dürfen.

Heather war ein schönes Baby. Ihr blondes Haar sollte später nachdunkeln, doch sie hatte große blaue Augen, konnte schon mit vier Wochen lächeln und klatschte vor Begeisterung oft in ihre kleinen Patschhände. Karen steckte sie in Strickjäckchen und fand, obwohl sie ein Mädchen war, stünde ihr Blau farblich und vom Temperament her besser. Heather suchte den Blick anderer Menschen und wusste auch noch den mürrischsten New Yorker mit ihrem glucksenden Lachen für sich einzunehmen.

Sie war so schön, dass ihre neuen Freunde, kaum war Heather in einem Park oder einem Geschäft wie immer ins Zentrum der Aufmerksamkeit gerückt, zu Karen oder zu Mark oder zu ihnen beiden hinübersahen und nicht verhehlen konnten, wie sehr es sie überraschte, dass dieses Kind zu solchen Leuten gehörte. Die zwei waren darüber keinesfalls beleidigt und zuckten nur mit bescheidenem Stolz die Achseln, waren sie doch unabhängig voneinander zu dem Schluss gekommen – den sie einander allerdings nie anvertrauten –, dass ihr Innerstes in diesem herrlichen Geschöpf seinen Ausdruck gefunden haben müsse. Mark meinte einmal sogar nachdenklich zu Karen, wenn sie doch «so gut im Kindermachen» seien, sollten sie vielleicht noch ein zweites haben.

*

Obwohl Karen ihre Eltern geliebt und die Kindheit im grünen, vorstädtischen Washington D.C. recht idyllisch gefunden hatte, war sie ihrer Erinnerung zufolge in diesen Jahren eher einsam gewesen. Sie hatte sich stets einen Bruder oder eine Schwester gewünscht und sich gefragt, ob sie selbst nicht ein Versehen war, so besessen, wie ihre Mutter vom Thema Geburtenkontrolle schien, hatte sie mit ihr doch darüber geredet, noch ehe Karen irgendwas davon verstehen konnte. Eine Zeitlang lebte sie mit einem imaginären, zehn Jahre älteren Bruder, der sie überall hinfuhr, in den Eisladen zum Beispiel oder zum Ballettunterricht; allerdings brauchte sie nur bei einer Freundin zu schlafen oder mit einer anderen Familie von der Schule nach Hause zu fahren, um daran erinnert zu werden, was für ein Glück es doch war, bei sich zu Hause nicht um alles streiten zu müssen.

Andererseits war es vielleicht auch ein Nachteil gewesen, nie um etwas kämpfen zu müssen. Es entsprach Karens Naturell, sich leicht von anderen Menschen kontrollieren zu lassen, und sie ging nur zögerlich Risiken ein. Nie sprang sie als Erste ins Becken, sie sah lieber zu, wie andere es ihr vormachten. Sie war auch noch im Krabbelalter gewesen, als ihre Mutter ihr Studium der Bibliothekswissenschaften wiederaufnahm; und ihr Vater, ein

Patentanwalt, hatte es nicht geschafft, die Versäumnisse im Haushalt oder bei der Erziehung auszugleichen. Er liebte seine Arbeit, gab die kreativen Leistungen seiner Klienten oft als seine eigenen aus, hielt sich selbst für einen Erfinder und tüftelte gern. Doch am besten gefiel ihm, wenn die Nachbarn sahen, wie er mit zusammengerollten Blaupausen unterm Arm zu Hause ein und aus ging, mit Zeichnungen von elektrischen oder chemischen Zusammenhängen, die seinen Horizont überstiegen.

Als ihre Mutter die Leitung des Clarksburger Bücherbusses übernahm, war Karen aus dem Kindergartenalter raus und verbrachte so viele Nachmittage in irgendeiner Ecke damit, ihrer Mutter bei der Vorleserei zuzusehen, dass sie bis zur zweiten Klasse Bücher stets hielt, als stünde sie vor einem Publikum.

Und als der Bücherbus wegen Etatkürzungen abgeschafft werden sollte, gab es einen Volksentscheid in der Stadt, und plötzlich waren es nicht mehr bloß die Kinder, die ihrer Mutter zuwinkten und sie beim Vornamen nannten.

Karen hasste es, ihre Mutter mit anderen teilen und so viel Zeit mit der Babysitterin verbringen zu müssen, die doch eigentlich die Putzfrau war, und tat irgendwann alles, um länger in der Schule bleiben zu können. Bis zur Junior High gelang es ihr, auf eine Weise ignoriert zu werden, die ihr völlige Selbständigkeit ließ, und nach der Schule sperrte sie sich jeden Tag in ihr Zimmer mit dem tragbaren Fernseher ein, wo sie in die romantischen Welten der Liebesschnulzen abtauchte und darüber Zugang zu ihrem Körper fand.

Sie erklärte Mark, sie wolle kein zweites Kind. Es wäre Heather gegenüber unfair. Tatsächlich hatte Karen schon im Augenblick der Geburt gewusst, dass sie Heather so lange wie irgend möglich ihre ungeteilte Aufmerksamkeit und Fürsorge schenken würde. Da die Kleine kein gewöhnliches Kind war, grübelte Karen auch nie, ob sie mit Heather möglicherweise nur ihr fehlendes Interesse an einer beruflichen Karriere oder ihre Abhängigkeit von Marks Erfolg rechtfertigen wolle. Hätte Karen eine solche Ausstrahlung und solch einen Zauber wie Heather besessen, wäre ihre Mutter vielleicht nicht wieder an die Uni gegangen.

*

Während Heather zu einem kleinen Mädchen heranwuchs, wurde ihre Schönheit immer offensichtlicher, doch trat diese zugleich hinter ihrem Charme, ihrer Intelligenz und vor allem einem manchmal tiefreichenden Mitgefühl zurück. «Warum weinst du?», fragte sie als Fünfjährige aus ihrem Buggy eine Frau in der U-Bahn, die gar nicht weinte und ihr das höflich erklärte. «Du musst nicht traurig sein», fuhr Heather fort, «auch wenn deine Taschen schwer sind. Ich kann ja eine für dich tragen.» Die Frau lachte nervös und nahm neben Karen Platz, während sie sich bedankte und meinte, sie käme schon zurecht. Karen sagte ihrer Tochter, sie solle sich um ihre eigenen Sachen kümmern, und hielt ihr den Trinkbecher hin.

Die Frau wandte ihren Blick nach oben und studierte demonstrativ die Reklame, als Heather, die sie immer noch anschaute, den Becher absetzte und sagte: «In der U-Bahn tun alle so, als wären sie allein, aber das sind sie gar nicht.» Sofort brach die Frau in Tränen aus. Karen wusste nicht, was sie tun sollte, begann, nach einem Taschentuch zu kramen, und strich dann der schluchzenden, verlegen lächelnden Frau einfach über die Schulter. Heather sah ihnen zu. Als sie zur 77th Street kamen, wo sie aussteigen mussten, sagte sie «Bye-bye», und die Frau, die sich inzwischen wieder gefasst hatte, blickte Karen an und sagte, sie müsse die beste Mutter der Welt sein. Karen erwiderte, es sei nicht ihr Verdienst, sondern das ihres Kindes, und obwohl das bescheiden klang, wusste sie, dass Heather sich oft so benahm und wohl auf Erden war, um andere Menschen glücklicher zu machen.

Selbst als Heather ganztags in der Schule blieb, gab es für Karen jeden Tag noch genug zu tun. Gymnastik und Einkaufen – im Haushalt fiel kaum Arbeit an, die nicht von jemand anderem erledigt wurde –, außerdem waren die vielfältigsten förderlichen Aktivitäten zu entdecken und auszuprobieren, nahrhafte Mahlzeiten und wohlüberlegte Freizeitbeschäftigungen wollten geplant sein, und natürlich durfte sie nicht vergessen, die täglichen Wunder in der Entwicklung von Heather festzuhalten. Karen legte Sammelalben an, bastelte am Computer Fotocollagen und fabrizierte mit einigem Aufwand kleine Filme, die sie ins Internet stellte. Anfangs fürchtete sie, angeberisch zu wirken, aber als dann alle Welt auf ihre Tochter reagierte wie Karen selbst, begriff sie, dass sie Leuten den Tag versüßte und dass andere, indem sie Heather beim Aufwachsen zuschauten, vielleicht ebenso viel über sich erfuhren wie sie, Karen, über sich selbst.

In den Communitys, die sie online aufsuchte, fand sie viele gleichgesinnte Frauen und erhielt so reichlich Bestätigung, dass jede Sorge gleich von einer erfahrenen Mom oder von einem richtigen Experten ausgeräumt wurde. Auch wenn Karen sich deswegen immer seltener unter Menschen begab, blieb sie doch offen für direkte Begegnungen; und ob sie nun im Park spazieren gingen, das Schwimmbecken im Club nutzten oder später miteinander Tennis spielten, Heathers Gegenwart sorgte von Anfang an stets dafür, dass Karen sich mit diesem oder jenem hinsetzte und eine Kleinigkeit aß.

*

So klein die Familie Breakstone auch war, verbrauchte sie doch mehr als ihren Anteil an Ressourcen, und Mark war stolz darauf, den Seinen eine prächtige Wohnung bieten zu können. Vor allem gefiel ihm Karens Vorliebe für Velourssamt, den sie sparsam einsetzte, der aber stets direkt für ihn gedacht zu sein schien. Das Kopfbrett am Bett war samtüberzogen, und zur Sitzgruppe im Wohnzimmer gehörte ein samtbezogener Sessel, in dem er während der schlaflosen Nächte, zu denen es immer häufiger kam, gern saß, lieber jedenfalls als in seinem getäfelten Büro mit dem kalten Ledermobiliar. Der Sessel war rot, wirkte im Dunkeln aber braun. Mark schenkte sich meist einige Fingerbreit Scotch ins beste Glas, um dann ein wenig vor sich hin zu dösen, zumindest war er dann nicht länger so nervös beim Gedanken an den Sonnenaufgang oder daran, wie unerträglich die durchwachte Nacht seinen Arbeitstag machen würde.

Als Mark eines Nachts gerade in seinen Sessel umziehen wollte, kam er auf die Idee, nach der inzwischen sieben Jahre alten schlafenden Heather zu sehen. Er war mit seiner Tochter nie allein und spürte den Unwillen seiner Frau, wenn er sich an den Abendbrottisch setzte und «Na, wie geht es meinen beiden Mädchen heute?» fragte. Er hatte sich diese Floskel zugelegt, weil seine Frau sich immer ins Gespräch drängte oder gleich für Heather antwortete, sooft er mit seiner Tochter reden wollte. Selbst wenn Heather krank war, antwortete auf sein «Wie fühlst du dich, Engelchen?» immer Karen mit «Es geht ihr Gott sei Dank schon viel besser» oder «Sie hatte einen grauenhaften Tag». In dieser Nacht aber, da er in Heathers Zimmer stand und sie anstarrte, fühlte er sich eigenartig und bekam ein schlechtes Gewissen, als sie plötzlich die Augen aufschlug und ihn anlächelte. Er konnte nicht erklären, wieso er da war, also setzte er sich einfach aufs Bett und strich ihr über das Haar. «Warum bist du wach?», fragte er schließlich, und sie antwortete: «Weil ich nicht schlafen kann. Ich bin wohl wie du.» Er gab ihr einen Kuss auf die Wange. «Wohin sollen wir in den Urlaub fahren?

Wir können überallhin.» Und Heather erwiderte: «Dahin, wo du bist, Daddy.»

*

Statt nach St. Bart's ging es auf Heathers Bitte dieses Jahr nach Orlando, allerdings unter der Bedingung, dass sie in einem Luxushotel abseits des Vergnügungsparks wohnten. Sie nahmen sich eine Suite mit einem eigenen Zimmer für das Beistellbett ihrer Tochter, und auch wenn Heather ständig nervige Freunde um sich sammelte, genossen sie das unaufhörliche Gewusel, auf das dann immer ein Abendessen im engsten Familienkreis folgte. Eines Abends bestand Heather darauf, im Spielezimmer zu bleiben, und Mark und Karen waren allein. Vor lauter Nervosität betranken sie sich und gingen miteinander ins Bett, waren vor zehn aber wieder auf und begannen erneut, sich Sorgen zu machen, bis Heather zur ausgemachten Zeit zurückkehrte. Sie hatten schon lange nicht mehr miteinander geschlafen; Karen war einfach zu sehr mit Heathers Tanz-, Tennis- und Klavierstunden beschäftigt, während Mark immer häufiger unter Schlaflosigkeit litt und deshalb fast jede Nacht das Ehebett verließ.

*

Der folgende Vormittag war verregnet, und während Karen sich eine Massage gönnte, nahmen Vater und Tochter an einer Bastelstunde teil, bei der Mark und die übrigen Gäste den Sonnenschein genossen, den Heather mit ihrem

Lachen und dem Eifer verbreitete, mit dem sie kleineren Kindern half. Ehe sie gingen, machten sie noch rasch eine Perlenkette für Karen, damit sie sich nicht ausgeschlossen fühlte. Mark und Karen betranken sich, und während Heather nebenan schlief, liebten sie sich in dieser Nacht erneut, was aber irgendwie nicht so gut lief. Hinterher redeten sie im Flüsterton darüber, wie lange sie schon zusammen waren und was für ein Wunder Heather doch sei. Am letzten Tag saßen sie dann zu dritt weit ab vom Frühstücksbuffet, schauten über den künstlichen See und waren so unübersehbar glücklich, dass eine Passantin darauf bestand, für sie ein Foto zu machen.

*

Während die Familie Breakstone Urlaub machte, wurde Bobby entlassen. Im Holzlager sagten sie ihm, er bekomme seine Stelle zurück, man müsse sich nur für einige Wochen von allen Angestellten trennen, um irgendwelche Arbeitsgesetze zu umgehen, wolle sie später aber wieder einstellen. Bobby war froh, ein bisschen von dem Angesparten ausgeben zu können oder vielleicht auch irgendwohin zu fahren. Seine Mutter hatte sich allerdings gerade mal wieder getrennt, und Bobby willigte ein, ihr ein bisschen was zu leihen, damit sie sich Stoff kaufen konnte; dabei wusste er genau, dass er sein Geld nie wiedersehen würde. Das war nicht weiter wichtig, denn wo wollte er auch schon hin, und ziellos durch die Straßen von Harrison und Newark zu ziehen war im Frühling, bevor es allzu schwül wurde, ganz okay. Außerdem wuchs sein Interesse für Chi-Chi von gegenüber. Ihr Bruder war Mechaniker und erzählte, sie heiße eigentlich Chiquita und sei älter, als er glaube. Die Familie stamme aus Mexiko, und es gab da noch manches, was Bobby aber nicht kümmerte, interessierte ihn doch nur, dass sie Notiz von ihm genommen hatte und dass sie meist allein war, wenn er vorbeikam.

Eines Tages ging er Bier holen, und sein Herz begann zu rasen, als Chi-Chi in einem hellblauen Kleid auf die Veranda trat. Das war seine Lieblingsfarbe; sie passte zu ihrer gebräunten Haut, und wie bei einem Nachthemd säumte Spitze ihren Hals. Kaum hatte er ihre Straßenseite erreicht, wurde er langsamer und nickte ihr zu. Sie erwiderte sein Lächeln, und er blieb stehen. Er war nie zuvor stehen geblieben, aber sie hatte auch nie zuvor richtig gelächelt, und irgendwie musste sie geahnt haben, dass dies seine Lieblingsfarbe war. Er ging die Stufen hoch und bot ihr ein Bier an, doch sie kehrte ihm einfach den Rücken zu, öffnete die Fliegengittertür für ihn und betrat das Haus. Rasch folgte er ihr, aber vor der Treppe blieb sie stehen und bat ihn zu gehen. Bobby kapierte nicht, was für ein Spiel sie da trieb, also stellte er das Bier ab und sagte ihr, wie schön sie sei und wie sehr es ihn jeden Tag freue, sie zu sehen. Wieder lächelte sie, allerdings entging ihm das leichte Zucken im Gesicht nicht. Offenbar hatte sie Angst, und das machte ihn richtig sauer, vor allem, als sie dann versuchte, an ihm vorbei zur Haustür zu laufen. Er packte sie und sagte, sie solle einfach stillhalten. Sie könne Angst haben, wenn sie unbedingt wolle, das sei ihm egal, weil er ja wisse, was sie wolle. Er griff ihr ins Haar, fasste sie grob an den Schultern, aber sie entglitt ihm, schnappte sich einen Aschenbecher vom Stuhl und schlug ihm damit an die Schläfe. Einen Moment lang starrte er sie an und sah nur Weiß. Dann schrie er, packte sie am Arm und drehte ihn ihr auf den Rücken. «Weißt du nicht, wer ich bin?» Sie begann zu weinen und zu kämpfen, und schließlich boxte er ihr einfach in den Magen, während er sie weiter am Arm festhielt und dann merkte, wie ihr Körper nachgab. Sie knallte gegen die Wand, und er schlug erneut zu, diesmal gegen ihre Stirn. Als sie bewusstlos zu Boden sackte, hielt er den Atem an und schaute sich so entsetzt um, dass ihm erst später wieder einfiel, wie er sich, um sich zu beruhigen, dabei durch die Hose hindurch gerieben hatte. Er griff nach seinem Bier, rannte nach Hause, sperrte sich in sein Zimmer ein und trank eine halbe Flasche Wodka, ehe er schlafen konnte.

Er bat seine Mutter, sie solle, falls jemand nach ihm suche, behaupten, er sei nicht da. Er hatte keine Ahnung, ob Chiquitas Bruder herkommen würde und ob sie tot war. Warum hatte sie das nur getan? Warum stellten sich die Hübschen immer so blöd an? Die Fragen drehten sich in seinem Kopf, übertönt nur vom Gekreisch seiner Mutter, die die Polizei von seiner Schlafzimmertür fernzuhalten versuchte. Sie fürchtete um ihren Drogenvorrat, nur deshalb kämpfte sie wie eine Löwin, aber Bobby öffnete einfach die Tür und ging gefasst nach draußen, wie betäubt vom Geschehen des Nachmittags. Am meisten machte ihm zu schaffen, dass Chi-Chi gegen ihn Anzeige erstattete, obwohl in ihrem Haus doch Oxycontin verkauft wurde und ihr Bruder, der hundertzehn Kilo wog, durchaus in der Lage gewesen wäre, allein mit jemandem wie Bobby fertigzuwerden.

Es war das erste Mal, dass Bobby im Knast saß. Er blieb meist für sich und bekam sogar Antibiotika wegen der Kopfwunde vom Aschenbecher, die sich bereits entzündet hatte. Chiquita würde überleben, und der Pflichtverteidiger, dem er ansah, wie beeindruckt er von ihm war, lachte nur bei dem Gedanken, dass der Staat ihn wegen versuchten Mordes drankriegen wolle. Alles lief nach Plan, und Bobby verfolgte den Ablauf des Gerichtsverfahrens, als sähe er sich eine Fernsehshow an. Am Ende wurde auf Körperverletzung plädiert, und Bobby schaffte es ansatzweise sogar, so zu tun, als verspüre er Reue. Ehe er zurück in die Zelle gebracht wurde, sagte ihm der Verteidiger noch, er müsse nur drei Jahre absitzen, keine fünf, und dies sei eine Chance, sich zu bessern. Erst als Bobby ins Gefängnis von Trenton verlegt wurde, begriff er, was für ein Glück er gehabt hatte, dass Chiquita sich wegen ihrer Gehirnerschütterung nicht an den Vergewaltigungsversuch erinnern konnte. Es hätte alles so viel schlimmer kommen können.

*

Mark war in seinem Leben nur mit wenigen Frauen zusammen gewesen, und für keine davon, Karen ausgenommen, hatte er sich selbst entschieden, keine war von ihm umworben worden. Nachdem er auf der Highschool einige Körbe eingesteckt hatte, unter anderem von einem Mädchen, das ihn mit der Bemerkung abblitzen ließ, «Moonstone», sein Spitzname in der Klasse, spiele weniger auf seinen Nachnamen als auf die Form seines Gesichtes an, zog Mark sich in sich zurück, entwickelte eine Vorliebe für den Geländelauf und befriedigte sich mit Hilfe von Jahrbuch- und Katalogbildern, da ihm Pornos peinlich waren.

Als er im College entjungfert wurde, fand er es schön, neben einem echten Körper aufzuwachen, und sie war so freundlich, ihm zu versichern, dass er ganz gut im Bett sei. Die Schäferstündchen wurden dann zur Gewohnheit, obwohl er sie gar nicht attraktiv fand. Sie war an sich nicht hässlich, nur ein bisschen übergewichtig und die erste jener Frauen, mit denen er vor Karen schlief, Frauen, die ihn – allesamt laut, aufdringlich und frivol – aus einem Gefühl der Barmherzigkeit verführt hatten. Zum Ausgleich wurde von ihm erwartet, dass er sie widerspruchslos in ihren unrealistischen Träumen von Modedesign oder Zeitschriftenjournalismus bestärkte und sich bei Auseinandersetzungen, vor allem mit anderen Frauen, die doch ganz offensichtlich nur neidisch waren, strikt auf ihre Seite schlug.

Marks Sehnsucht blieb ungestillt, und er fing an, nach

jedem ersten Mal mit einer Frau den Geschlechtsverkehr zu verabscheuen, weshalb er seine berufliche Karriere ohne ein aktives Sexleben antrat. Er hoffte, sein Gehalt oder das, was das Alter dem Gesicht antat, würden ihn irgendwann für Frauen eines anderen Schlags attraktiv machen. Auf arrangierte Dates ließ er sich nur ein, wenn er glaubte, sich auf diese Weise bei den anzüglich grinsenden Exsportskanonen in seinem Büro beliebt machen zu können. Wie verlangt, prahlte er vor ihnen mit seinen Erfolgen bei den immer verzweifelteren Frauen, machte aber stets umgehend wieder einen Rückzieher, da er fand, dass Sex, wenn er mit vorgetäuschter Intimität einherging, doch nur entfremdete. Wie sehr Karen sein Leben vor all den Jahren verändert hatte, war ihm folglich nur zu bewusst, und er rief es sich auch oft ins Gedächtnis, vor allem seit die neue Auszubildende, eine sechsundzwanzigjährige Asiatin, anfing, seine Kaffeebestellung aufzunehmen.

Es gab in Marks Büro so wenige Frauen, dass jede weibliche Präsenz männliche Phantasien in Gang setzte; die Auszubildende hatte zudem einen MBA und zählte zu jener Sorte Frau, die fälschlicherweise glaubte, als Feministin gehöre es sich, möglichst derb und anzüglich daherzureden. Ihr Mundwerk machte sie aber nicht souveräner, sondern nur zu einem Spielzeug für die Manager, die sie Kaffee holen ließen, um währenddessen ihr Aussehen in schlüpfrigen Textnachrichten zu kommentieren. Mark nahm daran natürlich nicht teil, auch wenn er durchaus von ihr fasziniert war und die Auszubildende manchmal so erregend fand, dass er an sie dachte, wenn er und Karen mal wieder miteinander schliefen.

Obwohl sie sich nach den Tagen in Orlando versprochen hatten, einander öfter in den Armen zu liegen, verstellten immer mehr Hindernisse den Weg zu ihrem Schlafzimmer. Anfangs hatten sie einen festen Ausgehabend vereinbart, den beide aber bald nicht mehr einhalten konnten, Mark, weil ihm die Arbeit dazwischenkam, und Karen, weil Heather, mittlerweile zwölf Jahre alt, die ganze Aufmerksamkeit der Mutter für ihr schulisches und gesellschaftliches Leben an der noblen Privatschule für Mädchen in Anspruch nahm.

Obwohl Heather weiterhin sehr beliebt und eine herausragende Schülerin war, stimmte Mark mit Karen darin überein, dass sie zusätzlich zu ihren Schulstunden Nachhilfeunterricht in allen Fächern nötig habe. Für Karen ergab sich daraus ein zeitraubender Planungsaufwand, der ihr immerhin gestattete, Heathers Freundschaften im Blick zu behalten, die einiges an Aufmerksamkeit erforderten, da Heather im Umgang mit anderen nicht gerade wählerisch war und oft von klammernden und unausgeglichenen Mädchen belagert wurde, die sie benutzten, um ihr eigenes Ansehen in der Schule zu stärken, oder eine Zuhörerin für ihre egozentrischen Dramen suchten. Als nun eine Reihe beidseitiger Absagen den wöchentlichen Ausgehabend also in immer weitere Ferne rückte, heuchelte Karen Bedauern, während Mark vorgab, sich verschmäht zu fühlen, aber zugleich tat, als fände er sich damit ab. Im Grunde war er aber erleichtert, da er es beschämenderweise nur noch brachte, wenn er dabei an die Auszubildende dachte.

*

Als die Auszubildende eines Tages die Tür zu Marks Büro hinter sich schloss, brach sie in Tränen aus und fragte, was sie denn falsch mache und warum er als Einziger sie ernst nehme. Mark spürte eine Hitzewoge in sich aufsteigen, die ihm den Schweiß aus den Poren trieb, und er stammelte etwas, bis sie sich wieder gefasst hatte, sich die Augen wischte und flüsterte, er sei das einzig Gute in diesem blöden Laden, und dann ging sie. Mark wusste, seine Reaktion war völlig in Ordnung gewesen, doch er wusste auch, was gerade wirklich passiert war und dass er, wenn er irgendwann in naher Zukunft ihre Gefühle ausnutzen wollte, eine Zurückweisung kaum zu fürchten brauchte.

Er machte früher Schluss und saß in der Küche, bis Heather und Karen endlich nach Hause kamen. Nachdem die beiden im Anschluss an Heathers Unterricht spontan noch eine Runde Tennis gespielt hatten, waren sie zum Abendessen irgendwo in ein Restaurant gegangen. Mark verlor die Kontrolle über seine Stimme, als er Karen viel zu laut erklärte, er habe jedenfalls noch nichts zu essen bekommen und er werde sich nicht länger damit abfinden, das Letzte zu sein, woran sie denke; schließlich seien sie eine Familie und er ein Teil davon und warum zum Teufel er denn nicht mit Heather zu Abend essen oder Tennis spielen könne?

*

Obwohl Heather gesagt bekommen hatte, sie solle rausgehen, blieb sie im Wohnzimmer und hörte mit Tränen in den Augen zu. Karen, die sich über all das nie Gedanken gemacht hatte, wirkte völlig zerknirscht und versprach, dass sich einiges ändern werde. Als Lösung bot sie an, den Samstagvormittag von nun an Vater und Tochter zuzugestehen, und sie bekannte freimütig, gedankenlos gehandelt zu haben. In der folgenden Nacht hatte Mark einen Traum, in dem die Auszubildende mit Heather in seinem dahinjagenden Wagen zu Mittag aß und Heather plötzlich die Tür aufriss und auf die Straße sprang.

Am nächsten Morgen fiel Mark auf, dass das Alter sein Aussehen keineswegs verbessert hatte. Sein Haar war noch voll, dafür hatte er zugenommen, und als er endlich herausgefunden hatte, wie Karens den Körperfettanteil messende Waage funktionierte, stellte er fest, dass er elf Kilo schwerer war als in der Highschool und dass die zusätzlichen Pfunde vorwiegend an Po und Wangen saßen. Er beschloss, wieder mit dem Joggen anzufangen, was den Vorteil hatte, dass er nicht mehr zwanghaft an die Auszubildende dachte, ja dass ihn, außer an den ersten Frühlingstagen, in denen der Central Park übersät war mit blassen, halbnackten Mädchen, überhaupt keine sexuellen Gefühle mehr plagten und er sich am Ende jedes Tages ruhig und verausgabt fühlte.

*

Die größte Zufriedenheit aber bescherte ihm der gemeinsame wöchentliche Tag mit Heather. Ihre Shoppingausflüge und Museums- oder Kinobesuche blieben ihm in Erinnerung, weil stets etwas Lustiges passierte, etwa dass ihm vor dem Plaza-Hotel ein Pferd auf den Fuß trat. Außerdem gelang es Heather mit ihrem natürlichen Lächeln und ihrer jugendlichen Energie fast immer, für Aufsehen unter fremden Menschen zu sorgen, weshalb die beiden selten einen Ort verließen, ohne von irgendwem eine Kleinigkeit geschenkt bekommen zu haben.

*

Nur Tage nach seiner Einlieferung ins Staatsgefängnis von New Jersey unterzog man Bobby den vorgeschriebenen psychologischen Tests; außerdem wurde er aufgrund seines polnischen Nachnamens von einer Gang weißer Rechtsextremisten rekrutiert. Man verpasste ihm einen kurzen Haarschnitt und in einem Raum gleich neben den Duschen als Aufnahmeprüfung eine ordentliche Tracht Prügel. Anfangs kapierte er nicht, dass er die Schläge, Tritte und Kopfnüsse der sechs versammelten Skinheads nur über sich ergehen zu lassen brauchte, weshalb er sich mit aufflammender Kraft und einem Wirbel von Hieben gegen seine verblüfften Angreifer wehrte. Erst als sich einer von ihnen auf seine Brust setzte, verlor er schließlich das Bewusstsein, doch hatte er in dem Handgemenge wie zum ersten Mal so richtig seinen Körper gespürt, und der Anblick seiner unwillkürlichen Erektion, kurz bevor er bewusstlos wurde, brachte ihm argwöhnischen Abstand sowie den Spitznamen «Prügel» ein, der ihm für den Rest seines Aufenthaltes anhängen sollte.

Bobby hatte keine Geduld mit der Gang, vor allem weil sie ständig über juristische Fragen redeten und nicht von der Überlegenheit der weißen Rasse. Kein Einziger von ihnen glaubte, dass er zu Recht inhaftiert war, zumindest nicht wegen dem, was ihm zur Last gelegt wurde; außerdem benutzten sie eben solche Wörter wie «inhaftiert» und waren noch vorhersehbarer als die Leute draußen. Bobby hörte manches, was ihn davon überzeugte, dass er nicht hinter Gittern wäre, wenn er Chi-Chi getötet hätte, da sie die einzige Zeugin war und man kein Sperma bei ihr gefunden hatte; außerdem war er zuvor nie auffällig geworden, sah man von Schuleschwänzen, Herumlungern und einem Ladendiebstahl als Minderjähriger ab. Jetzt wusste er, er hätte Chi-Chi töten sollen und irgendwas klauen, damit es nach Einbruch aussah; dann hätte er das Zeug unbedingt in den Müll schmeißen müssen, egal wie viel es wert war. Das ganze Gerede der anderen bestand im Übrigen aus den immer gleichen Klagen, was Bobby erbärmlich fand, denn ihm sagten das Essen und sein Job in der Wäscherei zu, der es ihm erlaubte, sich ab und zu in warmer Bettwäsche zu suhlen.

Bobby war nicht gerade gern im Gefängnis, aber immerhin herrschte hier Ordnung, und er lernte eine Menge. Infolge aufgestauter Büroarbeit und der irrigen Annahme, Bobby werde als Gangmitglied gewiss auf einem weißen Arzt bestehen, dauerte es Monate, bis jemand seine Tests durchging und begriff, dass man ihn besser von einem Psychiater untersuchen lassen sollte. Das geschah in einem mit blauem Teppichboden ausgelegten Zimmer, den Bobby nach all dem Linoleum und Hohlbetonstein ziemlich aufregend fand. Er hatte vor, es wie mit den weiblichen Sozialarbeitern zu halten und nur die Wahrheit zu erzählen, die alle stets zum Weinen gebracht hatte. Der Arzt sah aus wie ein TV-Star, war nicht zu alt, sehr sachlich, und Bobby konnte spüren, dass der Mann Angst vor ihm hatte.

Er fragte Bobby nach seinem Leben, wie er sich fühle und was ihn glücklich mache, und Bobby erzählte die allertraurigste Version, konnte am Ende seiner Sätze nur den Blick niederschlagen und ließ auch die Spaziergänge am vermüllten Passaic River nicht unerwähnt. Die meisten Fragen drehten sich darum, wie es Bobby mit anderen Leuten erging. Er wollte erst die Wahrheit erzählen, dass ihn die Welt da draußen nämlich an einen Zoo erinnerte, in dem die Tiere in ihrer eigenen Scheiße standen und er nur nachsichtig und neugierig zuschauen konnte, wie sie miteinander schnatterten, stattdessen aber erklärte er, überhaupt nicht daran zu denken.

Dann wurde der Arzt deutlich und unverblümt und schlug das eine oder andere vor, doch Bobby tat, als würde er ihn nicht verstehen, um auf diese Weise zusätzliche Informationen aus dem Mann herauszuholen. Der Doktor sagte, dass er Bobby für einen klugen, gut aussehenden Burschen halte, der gern lüge, weil Lügen so viel einfacher sei. Vermutlich wollte der Arzt ihn wütend machen, vor allem als er aufstand und meinte, das Spiel sei aus und Bobby brauche nicht zu glauben, er stehe über den Regeln des Miteinanders. Bobby wisse, wie Menschen funktionieren, was für sein Leben aber nichts weiter bedeute, weil er überzeugt sei, die gesellschaftlichen Normen gälten nicht für ihn. Wie um zu betonen, was er dann sagte, setzte sich der Arzt schließlich wieder: «Wenn Sie sich nicht ändern können, lernen Sie, sich zu beherrschen. Sie können alles erreichen.»

Bobby kam glücklich und voll unbestimmter Erwartung aus der Sitzung, die sein Bild von sich selbst endlich mit dem vereint hatte, was er tatsächlich war. Ob der Nachtisch des Nachbarn, ein tolles Auto in einer Zeitschrift oder die Frau im Bikini gleich daneben, er war jetzt immerzu erregt, wenn er daran dachte, was er alles haben konnte. Denn was der Arzt gesagt hatte, war doch die reine Wahrheit: Er, Bobby, war so verdammt clever, dass andere Menschen ihn langweilten. Er wandelte unter ihnen wie ein helles Licht voll der Macht des Himmels, und er konnte sie vergewaltigen und töten, wann immer ihm der Sinn danach stand, denn allein dazu gab es sie auf Erden.

Beim einzigen Besuch seiner Mutter fragte er, nachdem er sie davon überzeugt hatte, dass er kein Geld besaß, ob sie schon immer gewusst habe, wer er sei. Er versuchte es ihr so einfach wie nur möglich zu erklären, dass er nämlich clever war und mächtig etc., unterbrach sich aber, als er ihre Verwirrung spürte, und einen Moment lang hockten sie sich nur stumm im Besucherraum gegenüber. Seine Mutter starrte ihn an und sagte dann: «Was zum Teufel glaubst du denn, wer du bist?» Bobby nahm ihre Frage hin, wie er ihre abertausend Ohrfeigen hingenommen hatte, und lächelte zur Antwort bloß. Alles andere wäre sinnlos gewesen.

DREI

Es war Zufall, dass für den fünfundfünfzigjährigen Mark das maximale Desinteresse an seiner Frau mit dem Beginn der Pubertät seiner Tochter zusammenfiel. Karen musste ihn auf Heathers körperliche Veränderungen aufmerksam machen, da ihm selbst nur aufgefallen war, dass sie in der Größe zu ihrer Mutter aufschloss. Keineswegs entgangen war ihm hingegen, dass es zu Spannungen zwischen Karen und Heather kam, sie sich erst hitzig stritten und dann eisige Kälte herrschte, was Mark so deutlich spürte, dass die eigene Missstimmung zwischen ihm und seiner Frau davon überschattet wurde. Mark ahnte, wie nutzlos sich Karen fühlte, als ihre Tochter sich immer deutlicher zurückzog und ihre Privatsphäre aggressiv verteidigte; für ihn selbst hingegen, der insgesamt auch weniger Zeit mit seiner Tochter verbrachte, änderte sich zum Glück nicht allzu viel.

*

Mehr als einmal wurde der Vater-Tochter-Samstag abgesagt, doch wenn Mark darauf nicht reagierte, versicherte ihm Heather, dass sie den Tag natürlich beibehalten wolle und ihre Absage vielleicht sogar mit einem Brunch im Laufe der Woche wiedergutmachen werde. Außerdem war Heather gegen ihn längst nicht so feindselig wie gegen ihre Mutter, auch wenn sie ihm nicht mehr alles anvertraute, seit er sich geweigert hatte, in ihre Tiraden gegen Karen einzustimmen. An solchen Gesprächen teilzunehmen schien Mark schlimmer, als Karen zu betrügen, und er begriff instinktiv, dass seiner Tochter mehr damit gedient war, wenn sie einen Vater in ihm hatte und keinen Kumpel oder besten Freund. Also unterhielten sie sich über die Kinofilme, die sie gesehen hatten, über die vielen Veränderungen in der Stadt und vor allem darüber, wohin sie als Nächstes in den Urlaub fahren sollten, weil Mark seine Tochter in jedes Vorhaben einbinden wollte, das ihm emotional irgendwie wichtig war, und er sich eine Reise ohne sie nicht mehr vorstellen konnte.

Als Heather eines Morgens um eine Tasse Kaffee bat, wurde Mark klar, dass sie kein Kind mehr war. Karen verabscheute Kaffee, weshalb sie annahm, ihre Tochter wolle nur erwachsen tun, Mark aber quälte etwas ganz anderes. Er musste daran denken, wie die tödliche Fastenkur seiner Schwester mit Kaffee begonnen hatte. Später hatte sie nur noch heißes Wasser getrunken, was ihr den Magen füllte und half, jene Gleichung der Magerkeit zu erfüllen, der zufolge der Kalorienverbrauch im Verhältnis zur Zeit stand, jeder Augenblick ohne Nahrungsaufnahme also ein Gewinn war, da sie mehr und mehr von ihrem verhassten Selbst verlor.

Er erlaubte es schließlich unter der Bedingung, dass sie zum Kaffee einen Muffin oder so etwas aß, und dachte gar nicht mehr an das Schicksal seiner Schwester, als er seine Tochter zulangen sah, da niemand, der an einer Essstörung litt, die Begeisterung vortäuschen konnte, mit der Heather dem Essen entgegensah. Es gab anderes, was ihn an seine Schwester erinnerte, vor allem Heathers schlaksiger Gang, doch zeigte sie nie Abscheu vor ihrem Körper, und Mark erkannte, anders als seine Schwester, die gehungert hatte, weil ihr Brüste, Menstruation und Männer zuwider waren, würde Heather ein ganz normaler Teenager werden, was aber auch nicht unbedingt ein Trost sein musste.

Schon bald würde sie einen Freund haben. Er hatte die Jungen auf dem Weg zur Schule gesehen, einige mit gelockerter Schulkrawatte, der Rest in nach billigem Deo stinkenden Kapuzenshirts, Kondome im Portemonnaie, und in Gedanken sah er schon, wie sie Heather zu besteigen versuchten und hastig von ihr abließen, wenn sie ihn kommen hörten, um ihn dann mit «Sir» anzureden. Mark wusste, er wäre gern Großvater, und natürlich wollte er sie glücklich verheiratet sehen, außerdem würde Heather irgendwann so oder so nicht mehr Teil seines Alltags sein. Folglich konzentrierte er sich derart auf die ihnen bleibende Zeit, dass er fürchtete, ihre besonderen, gemeinsamen Wochenendtage zu verplempern, indem er viel zu viele Fotos schoss und sich bereits wehmütig an Augenblicke erinnerte, während sie noch geschahen.

Heather war bald sehr gut darin, Kaffee zu machen, sie

stellte die Mühle exakt ein und spülte die Kanne mit extra heißem Wasser aus. Karen stand früh auf, um Brötchen für sie einzukaufen, spürte aber, dass sie nicht willkommen war, weshalb sie stattdessen wieder in den Fitnessclub zu gehen begann. Für Mark und Heather wurde das verschlafene Nippen und Geknabber wortlose Routine, doch wirkten sie dabei mit sich im Reinen, was in Karen betriebsame Kleinlichkeit weckte.

Zu Weihnachten kaufte sie ihrem Mann eine italienische Designer-Kaffeemaschine für tausendzweihundert Dollar, die zusammen mit einer Videoanleitung geliefert wurde, da sie anscheinend nie zweimal auf dieselbe Weise funktionierte. Mark war begeistert und gerührt, dann aber warnte ihn Karen, dass die Maschine für Heather zu gefährlich und für Mark zu kompliziert sei, weshalb sie, die als Einzige die Videoanleitung gesehen hatte, ihnen von nun an den Kaffee machen werde. «Mein Gott, wie erbärmlich», sagte Heather nur. Und zum ersten Mal gab Mark ihr im Stillen recht.

*

Nach dreieinhalb Jahren fand Bobby sich außerhalb der Gefängnismauern wieder und musste aufs Neue bei seiner Mutter einziehen. New Jerseys Gesetze sahen nämlich kein Entlassungsgeld vor, auch keine neuen Kleider, kein Jobtraining und keine Fahrkostenerstattung. Stattdessen bekam man Unterstützung beim Sozialhilfeantrag und erhielt Essensmarken, vergünstigte Bus- oder Bahntickets sowie Gelegenheit, sich ins Wahlregister eintragen zu lassen. Bobbys Mutter holte ihn mit einem Jeep Cherokee ab, der ihrem neuen Freund gehörte, einem attraktiven, versoffenen Exrocker. Als Bobby nach Hause kam, gab es dort keinen Fernseher und keinen Computer mehr, die Küchengeräte waren weg, Teppiche ebenfalls, und in einem der beiden Badezimmer fehlten sämtliche Armaturen. Methodisch hatten die beiden das Haus auseinandergenommen und alles gegen Pillen eingetauscht, für die sie sich wiederum Heroin besorgten.

Seine Mutter und ihr Freund verbrachten die meiste Zeit im Dunkeln, da sämtliche Lampen im Schlafzimmer brannten, in dem sie Marihuana zu ziehen versuchten. Bobbys altes Zimmer war unverändert, diente ihnen jetzt allerdings als Schlafzimmer, das sie ihm mietfrei überlassen wollten, bis seine Stütze fällig wurde. Als er sich am ersten Abend zum Schlafen zusammenrollte, wurde ihm schlecht beim Anblick der blutfleckigen Laken und Einwegbecher, doch war er zu erschöpft, um irgendwas anderes hinzubekommen, als die Flasche Wodka zu leeren, die sie auf dem Stapel Telefonbücher, der als Nachttisch diente, stehengelassen hatten. Seit einem Jahr hatte er keinen Alkohol mehr getrunken, und wie sich die Wärme von der Brust bis ins Gesicht ausbreitete, erfüllte ihn innerer Friede bei dem Gedanken, nicht länger im Gefängnis zu sein; und mit Tränen in den Augen lauschte er dem spätwinterlichen Wind, der durch die Bäume vor seinem Fenster rauschte.

Bobbys Bewährungshelfer hielt lange, aufmunternde

Reden über Gelegenheiten, die man beim Schopf packen müsse, und ließ sich immer mal wieder um fünfzig Dollar und einen Big Mac anpumpen. Der Beamte war jung, schwarz, und er half gern, sobald er begriffen hatte, dass Bobby nur dem Aussehen nach ein Skinhead war. Er setzte sich sogar beim Holzlager für Bobby ein, damit er die alte Stelle wiederbekam, bestätigte dort, dass man ihn wegen schwerer Körperverletzung und nicht wegen Diebstahl eingebuchtet hatte und dass er wegen guter Führung vorzeitig entlassen worden war.

Eines Tages mischte sich Bobby in einen Streit zwischen seiner Mutter und deren Freund ein, was ihm ein blaues Auge eintrug. Dem Bewährungshelfer erzählte er, dass das Heroin die beiden zuvor zusammengebracht habe, doch sei die Sucht inzwischen derart dominant, dass sie sich wegen jedem Gramm erbarmungslos in die Haare gerieten. Der Beamte erwiderte, Bobby sei ein «Überlebender», und drängte ihn, so bald wie möglich aus dem Haus zu verschwinden.

Er hatte ihm zu viel von sich erzählt, aber diesem Mann war wirklich etwas an Bobby gelegen, und als Wochen später erneut die Polizei aufkreuzte, weil eine nächtliche Party aus dem Ruder gelaufen war, forderte der Bewährungshelfer Bobby mit Nachdruck auf, Geld zu sparen und abzuhauen. Wie könne man denn von ihm erwarten, dass er einem «Phönix aus der Asche» gleich aufsteige, fragte der Beamte, wenn er in solch einem verkommenen Loch hause? Bobby wusste, der Mann hatte recht, und er beschränkte seine Ausgaben von nun an auf drei Overalls, gute Schuhe, sein Drittel Miete und ein paar Anderthalb-Liter-Flaschen Wodka pro Woche.

*

Der Laden am Holzlager hatte sich kaum verändert, und Bobbys Kontakt zu den weiblichen Kunden, die in den Gängen Glühbirnen oder Kitt suchten, beschränkte sich auf intensive Blicke. Von seinem Hochsitz auf dem Gabelstapler aus sah er zu, wie sie ganz unverhohlen nach einem Mann suchten, aber nicht fanden, was sie brauchten, sei es nun ein Seil, Handschuhe oder ihn selbst. Er riss sich am Riemen; nie folgte er einer Kundin weiter als bis über den Parkplatz hinaus, stattdessen durchstreifte er seine alten Jagdgebiete, duckte sich hinter Autos oder lag am Fluss und stellte sich vor, wie er sie rücksichtslos nahm.

In Harrison waren immer mehr Lehrer und Künstler zugezogen, sodass Bobby höchstens noch Angst haben musste, von den Junkies zu Hause beklaut zu werden. Die mittlerweile angesparten zweitausenddreihundert Dollar versteckte er im Saum seiner Jacke, die er eigentlich immer trug und selbst beim Duschen im Bad einschloss. Manchmal zog er sich aus, ließ das Wasser laufen, zählte dabei die Scheine und dachte daran, irgendwohin zu ziehen, wo es Frauen gab, nicht bloß Homos oder alte Polacken; und da würde er sich dann vielleicht ein Auto kaufen und ein Zimmer mit einem kleinen Kühlschrank mieten, der ihm den Wodka kühlte, während er fernsah.

Mitte Juli brachte ein Unwetter extreme Hitze und drückende Luftfeuchtigkeit, aber Bobby trug trotzdem immer seine Jacke, was dermaßen auffällig war, dass der Lover seiner Mutter eines Nachts in sein Zimmer schlich und ihm auf den Kopf schlug, bis sein Schlaf in Bewusstlosigkeit überging. Am nächsten Tag wachte Bobby auf, benommen und schweißgebadet; den Arbeitsbeginn hatte er verpasst. Er ging in die Küche, wo er seine Mutter fand, völlig weggetreten, ein Auge blau und in der Hand Stoff für zwei Tage; von ihrem Freund keine Spur. Sie war so fertig, dass Bobby ihr trotz seiner Kopfschmerzen das ganze Zeug in die Adern pumpen konnte. Dann sah er zu, wie sie nach wenigen Zuckungen bewusstlos wurde, ehe er sie in die volle Badewanne legte und das Haus in Brand setzte, indem er den Grill ins Wohnzimmer schleppte und anstellte.

Von seinem Bett in der Notaufnahme aus erzählte Bobby der Polizei, wie er, nachdem ihn der Freund seiner Mutter übel zugerichtet und beklaut habe, in einem Haus voller Rauch aufgewacht sei. Die Polizei, die bereits mehrfach mit beiden Parteien zu tun gehabt hatte, kam zu dem Schluss, dass dieser Ausgang wohl unvermeidlich gewesen war. Bobby entschied sich, keine Anzeige zu erstatten, was es seinem Bewährungshelfer ermöglichte, ihm aus Sicherheitsgründen eine neue Wohnung zu beschaffen, und Bobby war inzwischen klug genug, um ihm nicht anzuvertrauen, wie sehr er auf eine Gelegenheit gewartet hatte, den Freund seiner Mutter umzubringen, oder damit zu prahlen, dass er nun tatsächlich wie Phönix aus der Asche auferstanden war.

*

Als Karen sah, wie sich die nun dreizehn Jahre alte Heather verwandelte, wie sie in die Höhe schoss, schlanker wurde und ihr Brüste wuchsen, nahm sie ihre Tochter voll Entzücken an die Hand und ging mit ihr einen BH kaufen. Sie erlebte die eigene Jugend aufs Neue und bedachte Heather mit der weisen Einsicht, dass all die Veränderungen zu ihrem Besten seien. Hinter dem transparenten Duschvorhang, der in Madame Olgas Dessousgeschäft als Ankleidekabine diente, kicherten die zwei wie Schulmädchen, während die fremde Frau Heather mit viel Getue den richtigen BH für den perfekten Halt anpasste. Karen kaufte ihrer Tochter sogar einen Geschenkgutschein, damit sie sich bei weiterem Wachstum passende BHs besorgen konnte, ohne jedes Mal ihre alte Mom mitschleppen zu müssen.

Heather bekam ein Handy und die Erlaubnis, länger auszubleiben; sie fuhren sie sogar nach Philadelphia zu einem lauten, drogengeschwängerten Rockkonzert. Trotzdem fragte sich Karen im Nachhinein, ob diese großmütige Vorwegnahme Heathers Rebellion auslöste, die nur Wochen später wie eine Flutwelle über sie hereinbrach. Häusliche Pflichten und Telefonanrufe wurden ignoriert, Ausgehzeiten überschritten, Kosmetika gestohlen; und erst vernachlässigte Heather ihre Hygiene, dann fiel sie ins andere Extrem und duschte zweimal am Tag.

Im Laufe des nächsten Jahres lernte Heather ihre neugefundene Macht auf katastrophale Weise nutzen. Sie sagte zum Beispiel ihre gesamten Nachhilfestunden ab und überhörte die Stimme ihrer Mutter so oft, dass Karen mit ihr zum Ohrenarzt ging. Als Heather eines Abends gerügt wurde, weil sie bei Tisch Kopfhörer trug, stand sie wortlos auf, ging auf ihr Zimmer und knallte die Tür hinter sich zu. Stille breitete sich aus. Plötzlich wurden die Gespräche einsilbig, und nichts, weder das Wetter noch die anstehende Wahl oder auch nur die versalzene Suppe, konnte ihr mehr als ein Wort entlocken.

Diese Stille löste in Karen eine tiefe Angst aus, die nicht abklang, obwohl sie einen Monat lang das Handy kontrollierte, sobald ihre Tochter schlief. Auch dass Heather bereits ihre Periode bekam, fand Karen erst verspätet heraus, als sie nämlich im Gästebad eine Schachtel Tampons unterm Waschbecken entdeckte und sich eingestehen musste, dass die rührselige Rede, die sie über die Freuden der Mutterschaft und der ehelichen Liebe vorbereitet hatte, obsolet geworden war, weshalb ihr nur praktische Ratschläge wie jener blieben, die Dinger bitte nicht einfach in die Toilette zu werfen.

Seit Heathers erstem Unterrichtstag wartete Karen mit den anderen Müttern vor der Schule, alle in ihren Sportsachen und darüber debattierend, in welches Café man ging oder ob man überhaupt gehen sollte, und dabei wurde pausenlos angegeben. Obwohl niemand so viel Anlass wie Karen hatte, mit ihrer Tochter zu prahlen, fühlte sie sich nach diesen Begegnungen unzulänglich, stumm und wehrlos. Ihr fiel auf, dass sie stets in Grüppchen ins Café gingen oder zu Mittag aßen, nur dass sie nie diejenige war, die das Restaurant aussuchte, und ihre Versuche, im Gespräch thematisch oder emotional den Ton vorzugeben, konsequent ignoriert wurden. Sie wusste, wenn sie nicht hinging, würde sie selbst zum Thema, und wenn die anderen so prahlten, bewies dies nur, wie unsicher sie sich fühlten, eine Unsicherheit, die Karen offenbar in ihnen weckte. Doch diese Einsicht konnte das schreckliche Gefühl nicht verdrängen, das fünfte Rad am Wagen zu sein. Also entschied sie sich, es gleich ganz aufzugeben, sich nie als Elternvertreterin aufstellen zu lassen und freiwillig nie mehr als einen Satz Pappteller zu spenden. Ihre Dienste waren offensichtlich unnötig und unerwünscht und würden, sagte sie sich, letztlich auch unbelohnt bleiben.

Karens Verdacht bestätigte sich, als eine der Moms sie kurz vor Heathers letztem Jahr in der Elementary School zu einem Workout auf dem Ergometer einlud. Auf dem Weg zum Fitnessstudio in der 83rd Street, Ecke 3rd Avenue schlug die Frau beiläufig vor, Mark und Karen könnten doch die gesamten Kosten für Skate-Party und Dinner-Tanz am Abschlussabend übernehmen. Sie wisse ja, argumentierte sie lächelnd, dass die Breakstones eine vielbeschäftigte Familie seien, aber irgendwie müssten sie schließlich auch am Schulleben teilnehmen. Bestimmt wollten sie Heather nicht in Verlegenheit bringen, oder? Karen schaffte das halbe Workout, bis ihre Pulsfrequenz die Anzeige am Herzmonitor überstieg; und als sie ging, erlitt sie, wie ihr später klar wurde, eine ausgewachsene Panikattacke.

Diese neue Distanz zu Heather war allein schwer zu ertragen, aber selbst ihre Mutter hatte nur gelacht und gesagt, das würde sich schon wieder geben. Nachdem sie es kurz mit Psychotherapie versucht hatte, was erwartungsgemäß auf eine irritierende Unterhaltung über ihre eigene Kindheit hinausgelaufen war, wurde Karen ihrerseits launisch und wütend. Sie begann, Heather mit willkürlich erlassenen Regeln zu triezen, mit übertriebenen Strafen, einbehaltenem Taschengeld und sogar mit höhnischen Dialogen, in denen Karen beide Rollen übernahm und die einsilbigen Antworten ihrer Tochter nachäffte. Eines Abends, als Heather gezwungen worden war, wegen plötzlichen Schneefalls eine Übernachtung bei einer Freundin abzusagen, stellte sie sich in die Tür zum Schlafzimmer ihrer Mutter und sagte: «Ich weiß, du willst nicht, dass ich Freundinnen habe, weil du selber keine hast und weil du Angst hast, ich könnte dich verlassen.» Dann ging sie. Mit ihrem Körper war auch Heathers Einfühlungsvermögen gereift und geradezu schmerzhaft treffsicher geworden.

Karen schlief kaum noch und lag allein wach, da Mark dauerhaft auf die Couch umgezogen war. Voller Kummer erinnerte sie sich an ihr kleines Mädchen im Bett, wie es im Fieber schwitzte, nach einem schlechten Traum schluchzte oder vor sich hin flüsterte, während es seine Puppen über das Gelände der Bettdecke navigierte. Einmal, als sie sich im Central Park am Restaurant bei den Segelbooten einen Eiskaffee bestellten, ließ Karen ihre Handtasche fallen, deren Inhalt sich über den Betonboden ergoss. Ein junges französisches Touristenpärchen half, die Sachen einzusammeln, und in ebendiesem Moment sagte Heather: «Haben Sie herzlichen Dank. Meine Freundin ist ein bisschen tollpatschig.» Karens Reaktion war so heftig, dass Heather blass im Gesicht wurde und fürchtete, sie hätte ihre Mutter in einer Weise verletzt, die nicht wiedergutzumachen war. Gott, Heather war so schön, und Karen war immer für sie da, ließ ihr aber trotzdem ihre Unabhängigkeit, und mit niemandem konnte sie so lachen. Zum Glück war Heather bescheiden, zu viel Aufmerksamkeit brachte ja auch keine netten Menschen hervor. Erst jetzt begriff Karen, dass sie so heftig reagiert hatte, weil sie sich seit jeher nichts sehnlicher wünschte, als dass Heather ihre Freundin wäre.

Karen hasste es, verloren zu haben, was einmal gewesen war, mehr noch aber hasste sie es, dass Mark die Ernte all ihrer harten Arbeit einfuhr und seine eigenen Konflikte mit Heather übertrieb, obwohl die beiden doch immer gern zusammen waren, sich fürs Kaffeetrinken und Shoppen begeisterten, und Mark seine Tochter ansonsten tun ließ, was sie wollte.

*

Der wahre Ärger fing für die Breakstones aber erst an, als ein Hedgefondsmanager mit Frau und zwei Söhnen das

Penthouse kaufte. Er wollte die Wohnung entkernen und bot den neuen Nachbarn eine sechsmonatige Mietminderung an, sofern sie erlaubten, dass während des Umbaus eine Schütte von der künftigen Küche hinab zu einem Müllcontainer führte. Die sonst gern querschießende Eigentümerversammlung zeigte sich gegenüber ihrem neusten, überaus großzügigen Bewohner kompromissbereit, und der Hedgefondsmanager erklärte sich einverstanden, während dieser unangenehmen Zeit auf eigene Kosten auch gleich die gesamte Fassade renovieren zu lassen. Der Ton in den Fahrstühlen wurde eifersüchtig und misstrauisch, doch schon Wochen später hüllte ein Gerüst das Gebäude ein, und bis auf wenige Familien entschieden sich die meisten Bewohner für den Umzug in eine Ersatzwohnung.

Mark wusste, Karen würde tagsüber am meisten unter dem Baulärm zu leiden haben, aber sein Vorschlag, sich für die Zeit eine möblierte Wohnung im Carlyle House zu nehmen, förderte zutage, dass Karen an einer solch drastischen, wenn auch vorübergehenden Veränderung nicht im mindesten interessiert war und dass allein schon der Gedanke, sich die Post nachsenden lassen zu müssen, sie überforderte. Also blieben sie, wenn auch mit der Option, jederzeit ausziehen zu können, sollten Stromausfälle, Probleme mit dem Wasser oder der ständige Baulärm ihnen doch noch zu viel werden. Heather hatte nicht mitentscheiden dürfen, aber die Eltern redeten sich ein, sie würden auf ihren Komfort nur verzichten, damit ihrer Tochter jene Kontinuität im Alltäglichen erhalten blieb, die für das Wohl eines Teenagers so entscheidend ist.

*

Mark war durchaus empfänglich für die Schönheit des New Yorker Herbstes, doch erwies sich bald, dass er diesmal so trostlos wie der längste Februar werden würde. Einen Tag nach Labor Day erhielt er ein Memo mit entmutigenden Nachrichten über seine Boni, und eine Woche später wurde die Schlacht um den Hausumbau gefochten und verloren. Am schlimmsten aber war, dass Heather sich seit Beginn der neunten Klasse begeistert im Debattierclub engagierte und an den Nachmittagen sowie an den Wochenenden Proben und Wettbewerbe hatte, manchmal sogar außerhalb der Stadt.

Sie war gut und wurde politisch, streitfreudig, auch wenn ihr natürlicher Charme alles, was sie sagte, vernünftig klingen ließ. Heather unterhielt sich weiterhin gern mit ihrem Vater und blieb freundlich, vom Debattierclub aber schien sie wie besessen, und er hasste es, dass ihr Kaffee nun die teure, von Karen gekaufte Thermoskanne füllte und seine Tochter nach Buffalo, Chicago oder Dallas flog. Vor allem aber hasste er die Auswärtsübernachtungen in Hotels, mit Jungs und Alkohol, und er hasste es, dass es auf jeder Fahrt Vorfälle gab, nie mit Heather, das nicht, doch waren ältere Mädchen im Spiel, Gelage und Bettentausch.

*

Heather versicherte ihm, Jungs gingen ihr nach wie vor auf die Nerven und sie sei gern auf einer Mädchenschule, wo man nicht verheimlichen müsse, wie klug oder ehrgeizig man ist, um Chancen auf einen Freund zu haben; und Mark begriff, dass Heathers Ansichten stets gut durchdacht waren und als Positionen präsentiert wurden, die sie auch verteidigen wollte. Da seine eigenen Meinungen oft überholt waren und auf längst widerlegten Statistiken beruhten, begann er, Zeitung zu lesen, um mit ihr mithalten zu können. Er lernte diese intellektuellen Auseinandersetzungen lieben, und auch wenn es dabei noch so scharf zur Sache ging, konnte er über Heathers Geistesschärfe oft nur staunen und stolz darauf sein, dass ein in dieser Welt, an diesen Schulen herangewachsenes Mädchen ein derart ausgeprägtes soziales Gewissen entwickelt habe.

Nur die Bauarbeiten waren als Thema tabu, da Heather die Veränderungen aufregend fand, Mark sich dagegen über dieses Lärm- und Staubinferno ärgerte, an dem er sich selbst die Schuld gab. Er hatte das über seine Familie gebracht, weil er nicht genug verdiente, um das Penthouse selbst kaufen zu können, oder, wichtiger noch, weil er nie genug verdient hatte, um es auf die 5th Avenue zu schaffen, wo es solche Probleme nicht gab und man über den Central Park schauen und sich an die Freuden der Kindheit erinnern konnte.

*

Zwei Wochen nach Beginn der Bauarbeiten fing Karen an, Heathers vierzehnten Geburtstag zu planen, was mehrere unnötige Ausflüge zu diversen Bäckereien und Restaurants nach sich zog, da sie die Örtlichkeiten persönlich in Augenschein nehmen wollte. Nachdem sie zwei verschiedene Reservierungen gemacht hatte, fragte sie ihre Tochter per SMS, ob sie an ihrem Geburtstag lieber französisch oder italienisch essen wolle. Mehrere Minuten vergingen, bis Karen begriff, dass sie wohl länger auf eine Antwort warten musste, und so formulierte sie, während sie raschen Schritts über die Lexington Avenue eilte, in Gedanken neue Textnachrichten, etwa dass sie einen Tisch für vier reserviert habe, Heather also gern jemanden mitbringen dürfe, dass man wegen des Baustaubs nicht zu Hause essen könne, dass sie in dem Gebäude sowieso nicht feiern wolle, und überhaupt, was solle sie sagen, es sei schließlich Heathers gottverdammter Geburtstag, also ob sie nun zum Essen zu kommen gedenke oder nicht.

Als Karen in die Wohnung stürmte, war die Heizung, die aus dem Keller extreme Hitze nach oben schickte, noch nicht auf das für die Jahreszeit untypisch warme Wetter umgestellt worden, und sie rannte in die Küche, deren Fenster sie gegen den Lärm geschlossen hatte, um es nun weit aufzureißen. Sie schwor sich, es nie wieder zu schließen. In der Küche war es hell, da der knappe Abstand zum Nachbarhaus kein Gerüst zuließ, und während Karen wieder zu Atem kam, verharrte sie vor dem tiefen Fenster, blickte, die Hände am schmalen Fensterbrett, die zehn Stockwerke hinab und erwog die dramatischen Möglichkeiten einer endgültigen Lösung.

Sie kannte diese Panik, und nachdem sie zwei Antihistamine mit einem Glas Weißwein heruntergespült hatte, setzte sie sich an den Küchentisch und fertigte die zweite Liste ihres Lebens an, eine Spalte übertitelt mit «Gründe zum Weiterleben», die zweite mit «Gründe dagegen». Konnte Heather immer noch ganz oben auf der positiven Liste stehen? Nach und nach sah Karen wieder klarer, und sie begann mit Bedacht, andere Wege zu einem sinnvollen Leben zu erwägen, wozu auch die Überlegung zählte, wieder eine PR-Stelle anzunehmen oder sich einer Schönheitsoperation zu unterziehen, sich Brüste und Augen liften zu lassen. Sie wusste, dass derartige Pläne ihr helfen konnten, Heathers Jugend zu überstehen und dass ihr eine gewisse Unabhängigkeit, wie künstlich sie auch sein mochte, sicher gut anstand, wenn die reifer gewordene Tochter sich ihr wieder zuwandte. Als Karen aufs Papier blickte, stellte sie fest: Mark war kein Grund für irgendetwas.

*

Als Bobby aus Harrison fortzog, hatte er tausendzweihundert Dollar in der Tasche, teils staatliches Sterbegeld, teils Geld aus einer Sammlung, die in dem Holzlager zum Gedenken an seine arme Mutter veranstaltet worden war. Mit Hilfe seines Bewährungshelfers suchte er nach einer neuen Arbeit und kam nach North Bergen in ein

Motel für Dauergäste, nahe jener Ecke, die allgemein Routes 1 and 9 genannt wird. Es war eine gute Gegend, um Arbeit zu finden, da der mautfreie Federal Highway vor dem Holland Tunnel auslief, was die ganze Straße in eine schäbige Autowerkstatt samt Werkzeugschuppen für New York City verwandelt hatte. Bobby befolgte den Rat des Angestellten im Baumarkt, der seine Bewerbung abgelehnt hatte, und stellte sich auf einem Parkplatz zu den jüngeren und älteren Männern, die darauf warteten, von irgendeinem der vielen LKWs für einen Fünfzig-Dollar-pro-Tag-Job mitgenommen zu werden. Jung und stark sein genügte nicht, wenn man ausgewählt werden wollte, also begann Bobby, es den Mexikanern gleichzutun, die dankbar lächelten, auch wenn sie keinen Grund dazu hatten, und niemandem einen Schluck von ihrem morgendlichen Bier anboten und außerdem in seiner Gegenwart Spanisch redeten, als würde er gar nicht existieren.

Bobby stellte sich jeden Tag, auch am Wochenende, auf den Platz und begann regelmäßig zu arbeiten und Geld zu sparen. Vielleicht würde er eines Tages sogar fester Mitarbeiter eines Bautrupps in Manhattan werden. Außer auf Klassenfahrten und zu Besuchen im Zirkus war er bislang nicht oft dort gewesen, und ihn begeisterte die tägliche Fahrt vom Auftauchen der Stadt am fernen Horizont bis zu dem Moment, da sie nach dem Tunnel stadteinwärts abbogen und er die riesigen Gebäude plötzlich von nahem sehen konnte. Die Stadt so wohlorganisiert, so perfekt in Reihen aufgestellt, jeder Stahlkasten gefüllt mit einem

Glaskasten; sogar die Autos sahen meist schwarz, schnittig und gleich aus. Am besten aber gefiel es Bobby, wenn sie den grünen Park mit den berittenen Polizisten hinter sich ließen und endlich so schnell fahren konnten, dass er den Rhythmus fühlte, in dem sie die Querstraßen kreuzten, über denen jedes Mal kurz der Himmel aufblitzte.

Bürgersteige dagegen machten Bobby nervös; er sah so viele Menschen ohne Blickkontakt vorüberhasten, dass er an seine ersten Wochen im Gefängnis denken musste. Und die Gerüche steigerten sein Unbehagen; nicht der Gestank von Diesel oder Abfall, sondern die konstanten Ausdünstungen der vielen Menschen, da alle diese Fremden offenbar nach Zwiebeln und Kotze rochen. Der ständige Strom der Passanten und das allgemeine Chaos auf der neuen Baustelle machten es Bobby unmöglich, Begegnungen mit diesen Aromen zu meiden, etwa wenn ihm alte Damen blöde Fragen ins Gesicht bliesen, Plastiktüten mit warmer Hundescheiße in der Hand. Oft war ihm vom Geruch nach Mottenkugeln und körperlichem Verfall so übel, dass er sich in die entkernte Wohnung im obersten Stockwerk zurückzog, meist auf die Terrasse, wo er allein sein konnte mit dem Panorama und den Ausdünstungen der Teerpappe.

Auf seinem hohen Aussichtsposten nahm Bobby an einem späten Nachmittag zum ersten Mal den Hauch eines Duftes wahr, bei dem ihm der Kaffee aus der Hand fiel und er tief einatmen musste. Nase und Lunge füllten sich mit einer Mixtur aus Zigaretten, Seife und Blut, die wie in einer Explosion von einem hochgewachsenen, schlanken Mädchen aufstieg, das in sein Handy sprach; Rauch umkringelte das schulterlange hellbraune Haar, als ob es in Flammen stünde. Für jemand anderen wäre in diesem Moment vielleicht die Zeit stehengeblieben, aber Bobby besaß keine Vorstellung von Zeit, deshalb waren die Dinge für ihn entweder interessant oder langweilig, und wenn es um Menschen ging, bedrohlich oder erregend.

Er schaute ihr zu und sah, dass sie allein auf dem Dach zu sein glaubte, sah, wie sie den Bund ihres Faltenrocks nach unten zog, um mehr von ihren weichen Schenkeln zu bedecken, und wie sie sich ein Pfefferminz in den Mund schob, da sie offenbar gleich wieder zurück ins Gebäude wollte. Bobby sah das Mädchen an, und ihn packte ein so mächtiges Verlangen, dass er meinte, in Ohnmacht fallen oder ejakulieren zu müssen.

Der Laster fuhr pünktlich um fünf, was bedeutete, dass er das Mädchen an diesem Tag nicht mehr sehen würde, doch fiel es ihm nicht weiter schwer herauszufinden, wer sie war, da nur noch zwei oder drei Familien in dem Gebäude wohnten und die Post sich auf einem Tisch in der demolierten Lobby stapelte. Sie hieß Karen oder Heather Breakstone, wohnte im zehnten Stock und liebte Kataloge und Zeitschriften mit so kleinen Parfümproben drin.

Bobby war die Rückfahrt über ziemlich aufgewühlt und ärgerte sich, mit dem Handy kein Foto gemacht zu haben, während er zugleich in Gedanken versuchte, ihr Gesicht und ihren Körper zu rekonstruieren. Kaum zu Hause angekommen, suchte er nach einem Foto, mit dessen Hilfe er sich das Mädchen vorstellen konnte. Der Kleinen am nächsten kam eine Cheerleaderin in einem Porno, nur hatte die nicht diese perfekten Titten, die langen, fülligen, vom Faltenrock halb bedeckten Schenkel und die feinen Härchen auf der Wange, die sie in der Sonne aussehen ließ, als wäre sie mit Goldstaub bepudert.

*

Bobby hatte keine Erleichterung verspürt, als er seine Mutter umbrachte. Er hatte sie einfach gehen lassen, sein Vorgehen war so praktisch, so ungerührt gewesen, dass es ihn nicht einmal befriedigt hatte, das Haus in Brand zu setzen. Inzwischen hatte er seine Bedürfnisse so lange unterdrückt, dass sie zu einem tiefen Summen des Verlangens angeschwollen waren, eines Verlangens, das er ununterbrochen in sich spürte wie eine in seinen Gliedern aufgezogene Feder.

Ein flüchtiger Blick auf das Mädchen war alles, was er sich jeden Tag wünschte oder was ihm erlaubt war; direkten Augenkontakt mit den Bewohnern hatte man ihnen nämlich untersagt, was insbesondere für Bobby galt, der, wie bekannt, früher schon «auffällig» geworden war. Anfangs genügte es ihm, sie durch einen ausrangierten Spiegel zu beobachten, den er, wie er fand, auch ziemlich geschickt nutzte, um Fotos und ein paar Videoaufnahmen mit dem Smartphone zu machen, was allerdings immer noch gefährlich war; und Bobby hatte nicht vor, seinen Job zu riskieren, da er sie dann vielleicht nie wiedersehen würde. Also begann er, sie über ihren Geruch zu verfolgen, er atmete den Parfümnebel ein, der vor ihrer Wohnungstür hing und im Abfall, insbesondere in ihrem persönlichen Abfall, den Wattebäuschen, Q-Tips und all den anderen Dingen, denen dieses schwere Eisenaroma anhaftete. Er wusste, er durfte es nie wagen, in ihre Wohnung einzudringen; manchmal aber machte er seine Mittagspause auf dem Gerüst vor ihrem Schlafzimmer und inszenierte in Gedanken auf dieser Bühne des wahren Lebens seine immer ausgefalleneren Szenarien.

Er versuchte, Ruhe zu bewahren, während er die Gewohnheiten und Abläufe dieser, wie er bald herausfand, eher kleinen Familie kennenlernte. Die Eltern des Mädchens, die Pförtner, ihre Freunde und selbst der Vorarbeiter, sie alle schienen ihr Leben genau wie Bobby auf das Mädchen auszurichten. Man wartete auf sie oder lief einen Häuserblock weit neben ihr her und blieb dann stets kurz stehen, um ihr nachzublicken. Als sähe er eine Seifenoper, verfolgte er all dies aus dem Augenwinkel, und selbst aus der Distanz heraus lernte er die Eigenarten dieses Mädchens immer besser kennen, da sich ein Großteil des Familienlebens auf der Straße abspielte.

Heather, wie Bobby sie jetzt in Gedanken nannte, seit er einen glänzenden, quadratischen, an Mrs. Karen Breakstone adressierten Umschlag von einer Institution namens Mukoviszidose-Stiftung entdeckt hatte, war ebenso geschickt im Umgang mit Menschen wie er selbst, vor allem mit ihren Eltern. Sie flirtete mit dem babygesichtigen

Vater und war streng zur vollbusigen Mutter. Er erkannte, dass Heather ganz anders war als er, lachend und selbstbewusst, freundlich zu ihren fetten kleinen Freundinnen, er hörte sie am Telefon nur nett plaudern und bekam sogar mit, wie sie die Reste ihres Muffins für die Vögel auf den Bürgersteig streute. Sie strahlte geradezu vor Lebenslust, selbst wenn sie allein war oder es zu sein glaubte.

Natürlich konnten flüchtige Blicke niemals genügen, und als die Tage kälter wurden, waren ihre gänsehautpickligen Beine zum Glück oft von Jogginghosen umhüllt, die ziemlich locker saßen, und einmal, als Heather bei der Markise stehen blieb und sich bückte, blitzte sogar der obere Rand ihres babyblauen Schlüpfers auf. Bobby konnte das vom Müllcontainer aus sehen, aber er hatte sein Handy nicht schnell genug zur Hand. Das war aber auch egal, denn als Heather über die Straße zu ihrem Vater lief, warf sie Bobby, als folge sie seinem stummen Befehl, einen kurzen Blick zu. Sie schauten sich einen Moment lang in die Augen, und während der ganze Lärm der Stadt verstummte, versuchte er sich daran zu erinnern, wie man lächelte.

Bobby wusste jetzt alles, was er wissen musste, auch dass seine Pläne zu bescheiden waren und er sich mehr vornehmen musste, als sie nur in ihrem Zimmer einzusperren und von vorn und hinten und überhaupt auf jede erdenkliche Weise zu nehmen. Damit man ihn diesmal nicht schnappte, würde er Heather töten müssen, komme, was wolle, und er musste daran denken, wie er mit dreizehn

Jahren in Begleitung eines Sozialarbeiters in eine katholische Kirche gegangen war. Er konnte sich erinnern, dass er die Hostie gegessen, den Wein getrunken und gespürt hatte, wie sich das Aufgenommene in seinem Mund wirklich in etwas anderes verwandelte, in etwas wie Rauch aus einer Crackpfeife, und danach war er nach Hause gerannt in einem Amoklauf der Zerstörung, hatte Briefkästen und Mülltonnen umgetreten und schließlich mit bloßer Faust eine Autoscheibe eingeschlagen. Er war davon überzeugt, dass diese Kraft, diese Macht von dem winzigen Teil Gottes stammte, den er gegessen hatte; und monatelang wollte er noch einmal zur Kommunion, nur wurde der Sozialarbeiter versetzt, und allein war Bobby zu schüchtern, um eine Kirche zu betreten.

An jenem Abend lag Bobby in seinem Motelzimmer reglos auf dem Bett, starrte in ihr Gesicht auf seinem Handydisplay und wusste, jetzt, da ihre Blicke sich begegnet waren, würde sie, die von aller Welt so geliebt wurde, seine Hostie werden, sein Altarwein. Er fragte sich, in was für ein weißes Licht er sich wohl verwandeln mochte, wenn er sie auf noch vielfältigere Weise nahm, nachdem er sie erst langsam erwürgt hatte. Bobby würde Heather besitzen, jeden Teil von ihr; sie beide würden in ihm eins werden, und er wäre der Anfang und das Ende von allem.

VIER

Irgendwann zwischen Heathers vierzehntem Geburtstag und Halloween erreichten Mark weitere schlechte Neuigkeiten hinsichtlich seiner Bonuszahlung, und er begann, sich nach einer neuen Stelle umzusehen. Er hatte den Fehler begangen, Karen davon zu erzählen, die sich Sorgen machte, verständlicherweise, doch hielt sie zu ihm und war mit ihm gegen die Seilschafter, die nichts leisteten und trotzdem an Mark vorbei die Karriereleiter hinaufkletterten, weil sie mit dem Boss und dessen Sohn Basketball spielten. Mark brachte keine schlechten Voraussetzungen mit, im Zeugnis wurde ihm der über zehn Jahre währende Aufstieg der Firma als Verdienst angerechnet, das jahrelange Joggen hielt ihn fit und hatte sogar sein volles Gesicht etwas schmaler werden lassen, was ihm ein ernstes, reifes Aussehen verlieh.

*

Die Bewerbungsgespräche begannen bald und mussten wie eine Affäre mit Anrufen nach der Arbeit und Treffen in entlegenen Restaurants organisiert werden, damit im Büro niemand Verdacht schöpfte. Mark ging morgens sogar noch früher joggen, damit er sich anschließend mit jemandem zum Frühstück treffen konnte, oft noch im Dunkeln. Die vor Tagesbeginn leere Stadt gab ihm die Möglichkeit, seine Vorstellung laut zu proben, Siege und Erfahrungen mit atemloser Stimme aufzuzählen.

An dem Tag, an dem es um eine besonders vielversprechende Führungsposition ging, joggte Mark länger als gewöhnlich und stellte bei seiner Rückkehr fest, dass Wasser und Strom abgestellt worden waren. Noch während ihn die grauenvolle Vorstellung plagte, den Schweiß nur notdürftig mit einem Handtuch wegzuwischen und dann gleich den Anzug anzuziehen, fiel ihm auf, dass auch kein Wecker funktionierte, worauf er Heather wachrüttelte, dann Karen, um sich anschließend fluchend Rasierwasser ins Gesicht zu klatschen. Karen sagte, sie seien doch eigens benachrichtigt worden, Mark habe eigentlich keinen Grund zu der Schimpferei, woraufhin er in wütender Verzweiflung wortlos losging, um für Heather und für sich einen Latte zu holen. Warum wohnten sie immer noch in diesem Haus, dachte er, während sein verschwitzter Hals am gestärkten Kragen scheuerte. Und warum passierte das ausgerechnet heute? Und hatte die Frau im Coffee-Shop hinter ihm geniest, weil er zu viel Rasierwasser benutzt hatte?

Mit zwei überschwappenden Kaffees auf dem Bechertablett eilte er zurück, wütend über seine Blödheit, nicht zuletzt weil er beim Bewerbungsgespräch bestimmt noch mehr Kaffee trinken musste. Gerade wollte er über die

Straße zu Heather laufen, die vor dem Gebäude wartete, als er wie angewurzelt stehen blieb. Heather sah auf ihr Telefon, und einer der Arbeiter starrte sie an. Es war ein untersetzter Kerl mit Lederschurz, und sein Blick war so lüstern, so intensiv, dass Mark über die Fahrbahn rannte und Heather beiseiteschubste, als müsse er sich zwischen sie und ein heranfahrendes Auto werfen. Heather wirkte leicht irritiert, nahm aber ihren Kaffee, und im Gehen blickte Mark sich noch einmal nach dem Arbeiter um: der Kopf fast kahl geschoren, jung, die Stoppeln dafür aber zu silbrig, die Augen blassblau, nur kehrte er ihnen jetzt den Rücken zu und schaufelte wieder Schutt.

Mark war im Bewerbungsgespräch dermaßen abgelenkt, dass er vergaß, sich Mühe zu geben, woraufhin man ihm die Stelle anbot, was ihn aber nicht sonderlich tröstete, als er ins Büro zurückkehrte, sein Lunchpaket auspackte und dann doch gleich nach Hause ging, da die Sorge um Heather jeden Hunger verdrängte. Als er schließlich auf der gegenüberliegenden Straßenseite Posten bezog, während Heather sicher gerade erst die Schule verließ, schwirrte ihm der Kopf. Trieb ihn das Verlangen, seiner Tochter nachzuspionieren, oder eher die ernsthafte Sorge um ihre Sicherheit? Er tat, als würde er telefonieren, als der Arbeiter mit einer Schubkarre zum Müllcontainer kam und dort lässig stehen blieb, bis Heather mit perfektem Timing um die Ecke bog und der Mann plötzlich zu arbeiten begann.

Mark sah seiner Tochter zu, wie sie sich ihrem Zuhause näherte, ohne etwas von diesem langen, ekligen Blick zu ahnen, der sich auf sie richtete, und als der Widerling sich den Mund abwischte, um dann mit den Augen unter Heathers Rock zu kriechen, während sie das Gebäude betrat, überlegte Mark, ob er quer über die Straße schreien oder sich den Typen lieber direkt vorknöpfen sollte. Er zoomte ihn stattdessen mit dem Handy heran, machte ein Foto und fand sich plötzlich im Central Park wieder, wo der Tag für ihn begonnen hatte, seine Gedanken nunmehr unaussprechlich.

Er fragte sich, ob dieser untersetzte, dreckige Skinhead nicht bloß zweimal an diesem Tag seiner Tochter aufgelauert hatte, sondern schon öfter und ob sein Haifischblick mehr als nur unbändiges Verlangen verriet. Es konnte auch der Blick eines Mannes sein, der mit Ablehnung rechnete und diese sehnige Kleine hasste, die an ihm vorbeischlendernd ihr Spiel mit ihm trieb, sie, die alles besaß, was er nie haben würde. Mark wünschte sich, es wäre bloß sexuelles Verlangen nach seiner Tochter, was er da gesehen hatte, aber gleich darauf wäre er kurz vor einer Bank fast zusammengeklappt, und er rang nach Luft, da sein Körper begriff, wofür sein Verstand länger brauchte: Der Blick des Arbeiters war so brutal, so gierig gewesen, dass Mark davor geflüchtet war.

*

Als Mark die Wohnung betrat, feierte Karen Strom und heißes Wasser, wie man es eben tut, wenn Lebensnotwendiges endlich wieder funktioniert, und kochte ein Dinner für die Familie, Pasta tricolore, Heathers Lieblingsessen. Mark lief mit offenem Schlips und durchgeschwitztem Hemd gleich weiter zum Schlafzimmer und sagte im Vorbeigehen, sie müssten unbedingt miteinander reden. Erst viel später, als er sich an den Tisch setzte, verärgert, aber frisch geduscht, begriff Karen, dass er im Schlafzimmer auf sie gewartet hatte, um allein mit ihr zu sprechen. Während des Essens spürte sie ihn immer ungeduldiger werden, dabei waren ihre Familienzusammenkünfte in letzter Zeit recht entspannt gewesen, vor allem, seit Karen gelernt hatte, mit Heather Gespräche zu führen, in denen sie beiläufig Diskussionsthemen wie den radikalen Islam oder die Waffengesetze aufbrachte.

*

Als bei Heather das Licht ausging, hatte Mark eine halbe Flasche Whiskey intus, und Karen schloss voll böser Ahnungen die Schlafzimmertür hinter sich. Sie dachte, wie verschwitzt und schuldbewusst er ausgesehen hatte, als er vorhin nach Hause gekommen war und sie ein Geständnis erwartet hatte, dass er untreu gewesen sei oder, eher wahrscheinlich, dass er seine Stelle verloren habe. Sie rückte im Bett beiseite, machte Platz für ihn, aber er blieb lieber stehen, während er ihr aufgewühlt und im Flüsterton von den Ereignissen des Tages erzählte.

*

Mark zögerte jetzt, nicht weil er betrunken war oder weil er in so kurzer Zeit zu vielen Schlussfolgerungen gekommen wäre, sondern weil er nicht wusste, welche Einzelheiten er ihr anvertrauen konnte, ohne allzu irrational zu klingen. Ihm war klar, dass er Karen das Foto auf seinem Handy besser nicht zeigte, also blieb ihm nur, die Gefahr zu beschreiben, die er gespürt hatte, und ihr zu sagen, dass er einen solchen Blick schon einmal gesehen hatte, nämlich in den Augen eines der Starfootballspieler seines Vaters, und bei dem habe es sehr aufsehenerregend mit zwei vergewaltigten und ermordeten Frauen an einem College im Süden geendet. Als er sah, wie Karen bei seinen Worten lächelte, bekam er einen Wutanfall. Karen beteuerte darauf, sie sei nicht belustigt, nur erleichtert, weil sie ganz etwas anderes befürchtet hatte, aber dass der Ausgang des Bewerbungsgesprächs sie stärker interessierte als die Gefahr, in der ihre gemeinsame Tochter schwebte, machte ihn nur noch wütender.

Es gab da nichts zu diskutieren: Entweder er oder Karen – falls sie denn meinte, überzeugender sein zu können – musste mit dem Vorarbeiter reden, ihm nur das Nötigste mitteilen und darauf bestehen, dass dieser Arbeiter entlassen oder zumindest auf eine andere Baustelle versetzt wurde. Mit seiner Entschiedenheit gewann er endlich Karens Aufmerksamkeit; sie überdachte seinen Vorschlag, sprach sich aber dagegen aus und erinnerte ihn daran, dass der Arbeiter doch wisse, wo sie wohnten. Mark gab ihr recht und schlug vor, zur Polizei zu gehen.

Um dort was genau zu sagen?, fragte Karen, eigentlich gebe es doch keinen Grund, keinen Beweis und nicht die geringste Beschwerde, nur Marks Befürchtungen, die selbst die eigene Frau überzogen fand. Wieder gab Mark ihr recht und verlangte dann, dass sie gleich morgen in ein Hotel zögen, um sich von dort aus nach einer Wohnung umzusehen, in der sie bis zum Ende der Bauarbeiten bleiben konnten.

Karen hielt ruhig dagegen, die Arbeiten an der Fassade würden zu Thanksgiving beendet sein und sie hätten bereits Halloween; allein die Vorstellung, jetzt noch umzuziehen, finde sie blöd, würden sie doch dieselben Unannehmlichkeiten wie zwei Monate zuvor erwarten. Sie nehme seine Sorgen durchaus ernst, doch glaube sie, der Stress im Zusammenhang mit ihrer Wohnsituation, seiner Stellensuche und ihrer beider persönlichen Entfremdung habe ihn überängstlich werden lassen.

Sie gestand, all diese Probleme würden auch ihr Sorgen bereiten, und sie wolle gar nicht erst damit anfangen, wie sehr sie von ihrer Tochter mit Nichtachtung gestraft werde, doch ehrlich gesagt finde sie die Arbeiter harmlos und höflich, außerdem sei sie sich nicht einmal sicher, von welchem er eigentlich rede, woraufhin ihr Mark sagte, es sei der weiße Arbeiter.

Mark begann zu fluchen und rief, das sei doch alles Schwachsinn, die Arbeiten am Haus würden noch bis zum Frühjahr dauern und sie seien doch Heather zuliebe in der Wohnung geblieben, nicht um Karen das Leben leichter zu machen; außerdem lasse sie ständig das Küchenfenster offen, davon bekämen sie noch alle eine Lungenentzündung, und wenn es ihr im Haus zu warm sei, dann solle sie ihren Arsch in Bewegung setzen, nach draußen gehen und irgendwas unternehmen.

Karen war tief getroffen. Sie hatte es doch bestimmt nicht nötig, vor dem eigenen Mann ihr Leben zu rechtfertigen, und sie musste ihm auch nicht erzählen, was sie für ihre Familie tat, auch nicht, dass es für sie in Ordnung wäre, wenn er auszöge und Heather nur an den Wochenenden besuchte, sie selbst würde auf jeden Fall bleiben, und sie wollte ja gerade in dieser Woche ihre Fühler im Bereich Publishing ausstrecken, wie konnte er es da wagen, sie selbstsüchtig zu nennen, wo sie doch einen Termin bei einem Schönheitschirurgen hatte, nur um sich für ihn attraktiver und jugendlicher zu machen.

Statt aber all dies zu sagen, holte sie tief Luft und konfrontierte ihn mit etwas, das sie schon lange beschäftigte, nämlich dass sie Marks Interesse an ihrer gemeinsamen Tochter ungesund finde und dass sie damit Probleme habe. Sie kleidete ihre Anschuldigung in einen sorgenvollen Ton; und erst als sie merkte, wie entsetzt er reagierte, schwächte sie ihre Unterstellung ein wenig ab, was es nur noch schlimmer machte. Sie erklärte rundheraus, dass sie natürlich nicht wisse, wie es sei, ein Vater zu sein, und dass sie selbst auch fürchte, Heather könne sich auf die falsche Sorte Mann oder überhaupt auf irgendeinen Mann einlassen, doch sei er, Mark, katastrophal überängstlich und pathologisch eifersüchtig auf jedes männliche Wesen in Heathers Nähe.

Diese Unterstellungen bereiteten Mark Übelkeit, und er rastete aus angesichts so viel Heuchelei. Wenn hier jemand von etwas besessen sei, dann doch wohl sie. Sie sei es schließlich, für die außer ihrer Tochter niemand sonst auf der Welt existiere. Er verlange, dass sie umzögen. Und wenn sie es schon nicht für ihn tun wolle, dann wenigstens für Heather, schrie er, ihm zuliebe würde Karen ja nie etwas tun; er sei der Letzte auf ihrer Liste; sie würde ihm nicht mal eine Tasse Kaffee machen, und wenn, dann höchstens um Eindruck bei Heather zu schinden.

Es tat Mark gut, all das rauszulassen, doch als Karen sich ihr Kissen schnappte und das Zimmer verließ, wünschte er, er hätte es wieder zurücknehmen können. Wie er allein auf dem ungemachten Bett saß, richtete sich sein Ärger gegen ihn selbst, denn wer eine echte Gefahr feige mit seiner Frau teilte, hatte selbstverständlich nichts Besseres verdient. Außerdem war doch ersichtlich, dass es sich um einen Notfall handelte, nicht um eine Gelegenheit, sich Wahrheiten an den Kopf zu werfen. Karens schreckliche Vorwürfe entsprangen offenkundig ihrem zerstörerischen Neid auf sein enges Verhältnis zu Heather, also musste er ihr gegenüber jetzt groß und stark sein. Er entschuldigte sich daraufhin ohne Wenn und Aber, gab zu, überreagiert zu haben, und erklärte sich einverstanden, auf den Umzug zu verzichten.

Gespielt versöhnt schlüpfte Karen zu Mark ins Bett.

Für sie war gar nichts geklärt, sie verspürte auch keine Reue über ihre Gedanken, nur darüber, dass sie sie ausgesprochen hatte. Als er sich im Schlaf umdrehte, warf sie einen verstohlenen Blick über den Rand ihres Tablets und konnte es nicht fassen, wie aus dem lustigen, liebenswerten Mann, den sie geheiratet hatte, so ein paranoider Versager hatte werden können, der sie überhaupt nicht mehr wahrnahm. Sie machte das Licht aus, dachte an die Zukunft und überlegte, sich einen Liebhaber zuzulegen, vielleicht einen der attraktiven Väter an der Schule, einen, der Lust auf eine Affäre hatte. Als sie einschlief, lag ihre Hand reglos auf ihrem Geschlecht, so hatte sie sich als Kind schon beruhigt.

Mark tat nur so, als würde er schlafen, während er überlegte, ob er Heather warnen, ihr vielleicht sogar die Geschichte erzählen sollte, aber er scheute das Risiko, ihre Zuneigung zu verlieren. Er überlegte sich, es wäre wohl keine Entführung, wenn er das eigene Kind zu einem perfekten Urlaub mit auf die Turks- und Caicosinseln nähme, und vielleicht würde Karen sogar nachkommen, wenn sie endlich kapierte, worum es hier eigentlich ging. Er bereute es wirklich, sich ihr anvertraut zu haben. Er hätte sie stattdessen alle mit einem Urlaub überraschen und jemanden dafür bezahlen sollen, während ihrer Abwesenheit den Umzug zu erledigen, aber dafür war es jetzt zu spät, und nun grübelte er darüber nach, wie er mit Heather irgendwohin fahren und wie er irgendwas Schweres von hoch oben fallen lassen konnte, eine Rohrzange oder einen Ziegelstein, um dem Arbeiter den Schädel einzuschlagen.

*

Wie an den meisten Abenden las Heather im Dunkeln auf ihrem Handy. Sie war sich bewusst, wie angestrengt ihre Eltern versuchten, nicht sie selbst zu sein, solange sie glaubten, ihre Tochter sei wach. Heather hörte sie streiten, sie hatte aber schon vor Jahren gelernt, ihr Gezänk auszublenden, das sich immer nur um sie drehte und nie irgendwohin führte. Gefühlen gegenüber waren ihre Eltern besonders blind. Ihr Vater leugnete, überhaupt welche zu haben, und ihre Mutter nahm an, alle Welt würde die ihren teilen. Heather hatte lange nicht gewusst, wie außergewöhnlich ihre eigene Fähigkeit war, die Empfindungen anderer Leute zu erspüren und manchmal geradezu selbst zu fühlen. Als sie erkannte, dass sich Erwachsene und Freunde all diese Grausamkeiten und Grobheiten unbeabsichtigt oder zumindest unwissentlich zufügten, beschloss sie, sich in sich selbst zurückzuziehen, überwältigt vom Kummer darüber, wie die Menschen miteinander umgingen.

Heather hatte sich immer schön gefunden, hatte gespürt, was anständig war, und gewusst, dass alle stets ihr Bestes zu geben bemüht waren, doch da sie ja sah, wie anders ihre Eltern daheim waren und wie sie sich gegenseitig nicht an ihrem Glück teilhaben lassen konnten, musste sie sich der Frage stellen, inwieweit das ihre Schuld war. Früher hatte Heather gelauscht, wenn sie sich stritten, war manchmal ins Zimmer geschlichen, um sich am Fuß des elterlichen Bettes zu verstecken und zu beten, dass sie sich scheiden ließen, damit sie, Heather, ihre Liebe endlich gleichermaßen auf beide verteilen und der Welt wieder zulächeln konnte, ohne Angst haben zu müssen, dass Mark oder Karen dieses Lächeln zuvor abfingen.

Wenn Heather las, was in der Welt Schlimmes geschah, tat ihr das im Herzen weh, doch suchte sie dabei auch immer nach einem unverbrauchten Diskussionsthema, mit dem sie es im Januar vielleicht zum Wettbewerb der Stanford Debate Society schaffte, was eine Reise nach Kalifornien bedeuten würde und die Chance, auf nationaler Ebene eine Auszeichnung zu erringen; vorausgesetzt, ihr Vater ließ sie fahren. Sie diskutierte gern, reiste gern und lernte gern neue Menschen kennen, doch hatte sie sich eigentlich fürs Debattieren entschieden, weil sich hier der Weg zu einer juristischen oder politischen Karriere auftat. Allmählich war ihr bewusst geworden, wie unzufrieden Mark und Karen mit ihren bedeutungslosen Lebensläufen waren, und sie schwor sich, ein ähnliches Schicksal unter allen Umständen zu vermeiden, indem sie fleißig studierte und versuchte, sich Freunde und keine Feinde zu machen. Natürlich gewann sie auch gern, was sie oft tat, wobei sie aber stets höflich blieb und nach außen wirkte, als sei sie allein an Fakten und Moral interessiert, um insgeheim dann doch über ihren Sieg zu jubeln.

Diese Unehrlichkeit machte ihr aber auch zu schaffen, ebenso ihre wachsende Selbstbezogenheit. Es war Jahre her, seit sie sich zuletzt Sorgen gemacht hatte, ihr Vater könne beim Joggen einen Herzinfarkt erleiden oder ihre Mutter jedes Mal von Kummer überwältigt werden, wenn ihre Tochter zur Schule ging. Warum sollten ihr die beiden auch wichtig sein? Hatten sie nicht verdient, alleine deshalb schon ignoriert zu werden, weil sie Heathers Zeit und Zuneigung in so erschöpfendem Maße in Anspruch nahmen, hatten sie es nicht ganz und gar verdient? Andere Eltern benahmen sich ähnlich, aber nirgendwo sonst war die Umarmung derart erstickend. Doch auch wenn es sie Mühe kostete, war Heather nie so illoyal, anderen zu erzählen, wie ihr Vater und ihre Mutter sich aufführten, da sie wusste, welch schlimmem Verrat es gleichgekommen wäre, hätte die Welt herausgefunden, dass die Familie Breakstone keineswegs perfekt war.

Schwerer fiel es ihr, ein anderes Geheimnis vor der Welt zu verbergen, nämlich die Melancholie, die hinter ihrem Lächeln steckte. Heather hätte sich längst von ihr verabschieden oder sie durch Dankbarkeit ersetzen sollen, das wusste sie, und sie hätte das gewiss auch gern getan, hätte es sich nur nicht so gut angefühlt, traurig zu sein. Ihr täglicher Lieblingsmoment kam kurz vor dem Einschlafen, wenn sie das Telefon auf das Nachtschränkchen gelegt hatte und dem Verkehrslärm lauschte, jedem einsamen Hupen, mal hier, mal da, oder wenn sie sich all die Erwachsenen vorstellte und all die Orte, zu denen sie unterwegs waren, und immer in solcher Hast.

*

Heather wollte so viele Gedanken aufschreiben, aber sie wusste, ein Tagebuch würde die Grenzen der Privatsphäre sprengen, die ihre Mutter ihr zugestand, und so blieb vieles ungesagt oder kam nur im Flüsterton zur Sprache, während sie vor dem Spiegel auf der Rückseite ihrer Schlafzimmertür saß. Wenn sie nicht gerade in einem der Bücher las, die ihre Mutter ihr gab, oder in einer ihrer zahllosen Unterrichtsstunden saß, fand sie den nahenden hormonellen Ansturm peinlich, obwohl sie darauf vorbereitet war und ihn aufmerksam registrierte. Sie fand, ihr Haar könnte ein paar helle Strähnchen vertragen; einer ihrer Zähne saß leicht schief; und sie war zwar noch zu jung, um dies mit Gewissheit behaupten zu können, doch würde sie aller Voraussicht nach wohl einmal eine reine Haut haben, und das war immerhin ein Geschenk.

Sie stimmte wie die anderen Mädchen Klagen über ihr Gewicht oder ungleich große Brüste an, doch wurde ihr immer deutlicher bewusst, dass ihre hochgewachsene, schmalhüftige Figur mit nun schon fast Körbchengröße C etwas Besonderes, wenn nicht gar ideal war; und was dies bedeuten mochte, begann sie zu ahnen, wenn sie in Zeitschriften blätterte, die Straße entlanglief oder beim Kommen oder Gehen den Blick eines der Bauarbeiter auffing.

*

Sie verstand jetzt, dass ihre Freundinnen wahrgenommen werden wollten und die Rolle als Bad Girl ihnen die einfachste Möglichkeit schien, sich den Eltern zu verweigern und zugleich ein gewisses Maß an Aufmerksamkeit zu erregen. Heather war sich nicht sicher, wie viel Interesse sie vertrug, und machte nur mit, weil sie nicht für ein Baby gehalten werden oder weiteren Neid auf sich ziehen wollte, indem sie die Liste ihrer Tugenden durch übertriebene Sittsamkeit verlängerte. Also begann sie wie ihre Freundinnen, sobald ihre Eltern außer Sichtweite waren – auf dem Schulweg, im Central Park oder auch wenn sie sich auf dem Dach des Hauses versteckte –, laut zu telefonieren, Zigaretten zu rauchen, Kaugummi zu kauen, Make-up, aber auch Kleider zu tragen, die ein wenig mehr von ihr zeigten, wozu improvisierte Änderungen an der Schuluniform gehörten, etwa das Bündchen aufzurollen, um so den Rock höher zu ziehen, oder aus dem Fundbüro der Schule kleinere Blusen zu stehlen, die ihre Brüste betonten. Heather borgte sich sogar die Phantasien ihrer Freundinnen und träumte ebenfalls von diesen Jungen mit Mädchengesichtern, die so tolle Musik machten, oder davon, entführt und im Dunkeln umarmt zu werden, wobei ihr, wie den Freundinnen, die Vorstellung, leidenschaftlich geküsst zu werden, durchaus gefiel, sie sich in Wahrheit aber davor fürchtete und eigentlich noch zu nichts weiter bereit war.

*

Heather fand es schrecklich, dass sie nicht mehr mit ihrer Mutter reden konnte, sie verstand auch nicht, wieso es zwischen ihnen derart unangenehm geworden war, aber das war es, und den gespielt unbeschwerten Tonfall ihrer

Mutter, in dem sie plump um Vertraulichkeiten bettelte, fand sie nur widerlich. Sie spürte, mit welcher Verzweiflung ihre Mutter sich für jede Facette von Heathers sexuellem Erwachen interessierte, damit sie mit geradezu peinlicher Würdelosigkeit vor ihr weinen, vertraulich tun und Kontrolle beanspruchen konnte.

Heather weigerte sich, das Thema Sex anzusprechen, obwohl sie ahnte, wie sehr ihre Mutter die Einsicht beruhigt hätte, dass auf einer Mädchenschule eben nur wenige Mädchen Sex hatten und dass alle Jungs, die Heather kennenlernte, entweder genauso schüchtern wie sie selbst oder nur an jenen wenigen Mädchen interessiert waren, die schon Sex hatten. Nichts davon aber mochte sie ihrer Mutter anvertrauen, denn ein solches Gespräch hätte nur den Zugang zu jenem weit beunruhigenderen Monolog in Heathers Kopf eröffnet, der von ihrem wachsenden Widerwillen dagegen handelte, wer sie waren und wie viel sie besaßen.

Der Postleitzahlbereich, in dem sie wohnten, stand auf Platz eins der reichsten des Landes, aber ihr Vater produzierte nichts, ihre Mutter tat nichts, und die Wohnung war zwar nicht riesig, aber unnötig prunkvoll und samtig eingerichtet; außerdem verbrauchten sie zu viel, warfen sie zu viel weg, und, das Schlimmste, es war ihnen egal. Auf wie vielen tropischen Inseln konnte man denn Urlaub machen, ohne die schreiende Armut gleich auf der anderen Seite des Zauns zu bemerken? Ihre Eltern waren keine schlechten Menschen, sie lebten aber in der selbstgerechten, irrigen Annahme, sie hätten verdient, was sie besaßen.

Heather hatte versucht, beide unabhängig voneinander auf die Ungerechtigkeit ihrer Privilegien aufmerksam zu machen, doch ließen sie sich auf gar keine Diskussion ein; und jeder für sich, als hätten sie es geprobt, nannte sie, Heather, ihren kostbarsten Besitz: das, was man mit Geld nicht kaufen könne. Sie begriff, was damit gemeint war, dass sich Liebe darin ausdrückte, aber sie wusste auch, dass ihre Eltern an einer Wohlstandskrankheit litten, die sie in Halbmenschen verwandelte, welche anstelle eines Herzens Kaffeemaschinen und Registrierkassen in sich trugen.

Heather war sich bewusst, dass sie selbst unter dieser Krankheit litt, weshalb sie tapfer gegen den quälenden Drang ankämpfte, shoppen zu gehen, Geld auszugeben oder sich für Selbstverständlichkeiten zu belohnen. Und so kam es, dass sie, als die meisten Parteien aus dem Haus auszogen und die ersten Laster eintrafen, sich entschied, ihre ausgeprägte Vorliebe für Luxus und Komfort zu ignorieren und die Unannehmlichkeiten des Umbaus als Abtragung einer Schuld zu verstehen, die sie mit ihrem unverdienten Leben auf sich geladen hatte. Sie widerstand sogar der Verlockung, sich wie eine verzogene Halbwüchsige aufzuführen, und stimmte nicht einmal in die täglichen, wohlbegründeten Klagen ihres Vaters ein, was ihr ziemlich schwerfiel, da sie es schon sehr nervig fand, ständig von diesem einen Arbeiter vor der eigenen Haustür beglotzt zu werden.

Ihrem Vater davon zu erzählen wäre viel zu peinlich gewesen, und ihre Mutter hatte natürlich wie immer keinen blassen Schimmer, denn einmal, als der Pförtner gerade nicht am Platz war und sie nach einem Päckchen suchten, hatte Heather vorgeschlagen, doch diesen Arbeiter vor dem Haus zu fragen, und ihre Mutter hatte überhaupt nicht gewusst, von wem sie redete. Heather erklärte, sie meine den einzigen Weißen, den, dessen silbriges Haar so kurz abrasiert war, dass es aussah, als sei er kahl, was aber nicht stimmte; den mit der glatten Haut, dem kräftigen Kinn und den klaren blauen Jungsaugen.

*

Sie konnte ihrer Mutter nicht sagen, dass sie von Tag zu Tag öfter an ihn dachte, sich fragte, woher er kam, was für ein Mensch er war und wie es sein konnte, dass ihre Mutter ihn nicht wahrnahm, obwohl er so gut aussah und seit zwei Monaten in Zehn-Stunden-Schichten in ihrem Haus arbeitete. Vielleicht, dachte Heather, würde sich ihre Mutter an ihn erinnern, wenn er sie ansähe, wie er Heather ansah, vor allem die ein, zwei Mal, als ihre Blicke sich trafen und sie das Gefühl hatte, nackt auf der Straße zu stehen.

Zweifellos hätte sich ihre Mutter darüber aufgeregt, wie Heather anfangs selbst auch. Sie war verärgert gewesen, dann richtig wütend geworden bei dem Gedanken, was Männer sich herausnahmen und dass sie einfach nicht das Recht besaßen, Frauen auf diese Weise anzustarren und sie so durcheinanderzubringen. Andererseits sah er nur sie an und nicht ihre Mutter, und mit der Zeit begriff Heather, dass er irgendwie alles an ihr sah.

Offenbar war er jeden Tag dort draußen, und sie konnte ihrer Mutter doch nicht sagen, dass sie sich an den wenigen Tagen, an denen er nicht da war, fragte, ob er sie vergessen hatte. Sie konnte nicht erklären, dass es ihr gar nichts mehr ausmachte und dass sie nachts oft an ihre kurzen Begegnungen dachte, dass sie ihn sich in Erinnerung rief, so, wie sie ihn wahrnahm, und dass sie spürte, wie sie von seinen offenen und mehr noch von seinen verstohlenen Blicken ein warmes Ziehen im Bauch bekam, das bis ganz nach unten wanderte.

Sie wollte mit ihm reden, ihm sagen, dass sie anders als ihre Mutter sei, dass sie alle Menschen wahrnehme und wie entsetzlich sie es finde, dass man ihn zwinge, sich wie ein Dienstbote zu verhalten. Sie würde sich ihm gegenüber jedenfalls nicht so herablassend wie ein verwöhntes, reiches Privatschulmädchen aufführen, das hier in Saus und Braus lebte. Welche Entbehrungen und Umstände jemanden zu diesem Punkt in seinem Leben führten, konnte sie nur vermuten, und sie fragte sich, ob er intelligent war und wie seine Stimme klang und ob sie jemals irgendwas für die Besitzlosen tun konnte. Sie würde ihrer Mutter nie erzählen können, dass sie eines Tages ein ganzer, ein vollständiger Mensch sein würde, weil sie auf ihr Herz hören und alles fortgeben wollte, falls nötig sogar sich selbst, damit die Jahre der mühelosen Anhäufung von Reichtum wenigstens für irgendwen von Nutzen waren. Vor allem aber wollte sie dem Arbeiter sagen, dass sie ihn wahrnahm, dass sie ihn sah.

*

«Ist meine Mutter schon zu Hause?»

Bobby hörte die Stimme und wusste, wer zu ihm sprach. Er konnte nicht fassen, dass sie ihm so nah war. Er schaute auf, sprachlos, und sah, wie der Wind ihr eine Strähne in den Mund wehte und sie ihr Haar mit einem vollendet gekrümmten Finger von den vollen Lippen wischte. Endlich brachte er ein «Noch nicht» zustande, und er starrte sie sicher viel zu lange an, ehe ihm einfiel, dass er sie anlächeln musste. Sie aber nahm sein Lächeln an, erwiderte es und ging nach einem kurzen Augenblick; der Rock wogte hoch über ihrem Hintern.

Am Abend durchlebte Bobby noch einmal jede Sekunde ihrer Begegnung, die aus so vielen Einzelmomenten bestand. Ihr Zusammenspiel war noch besser gewesen als erhofft, hatte Heather doch nicht nur mit ihm geredet, sondern ihn aufgefordert, Mitverschwörer zu sein und etwas Schlimmes anzustellen, ehe ihre Mutter zurückkehrte. Er gab sich Mühe, das Geschehene nicht immer weiter fortzuspinnen, aber seine Phantasie führte ihn in ihr Schlafzimmer, in das sie ihn eingeladen hatte; und er konnte sich sehen, wie er in sie stieß, und spürte, dass sie sich innen wie der Kimono seiner Mutter anfühlte.

Eine Woche zuvor war Halloween gewesen. Bobby durfte natürlich keine Maske tragen, aber ihm gefiel es, wenn die Erwachsenen ihre blöden Gesichter versteckten, und ganz besonders gefiel ihm, dass Heather sich als Kätzchen verkleidet hatte, ein schwarzer Fleck auf ihrer Nasenspitze, als hätte sie sie an eine Fliegengittertür gedrückt. Er richtete sich auf, als sie ihm an jenem Tag entgegenlief, denn ihm tat der Rücken weh, so hart, wie er schuften musste, um nur nicht den Job zu verlieren. Trotzdem blieb er ruhig, seine Muskeln entspannten sich wie von selbst, als er sie sah. Durchaus möglich, dachte er, dass wir uns aneinander gewöhnen. Und wie sie an dem Tag ganz in Schwarz an ihm vorüberging, beschloss er, dass es nur einen wahren Test gebe, ob sie ihn nämlich ansprach und sich seiner würdig erwies, indem sie aus ihrer Welt heraustrat und um Aufnahme in seine bat.

Und nun hatte sie tatsächlich mit ihm gesprochen. Er war so glücklich, so verblüfft und sein Penis hart wie nie. Er hatte gehofft, es herbeizwingen, sie dazu drängen zu können, doch als sie ihn nun wirklich ansprach, schien sie aus eigenem Willen zu handeln und nicht weil er es wollte. Heather war etwas ganz und gar Besonderes, mehr noch, als er zuvor geahnt hatte. Sollte es möglich sein, dass er mehr wollte, als sie nur zu nehmen? Ihr Tod in seinen Händen würde exquisit sein, und Bobby hatte geglaubt, dies sei ihrer beider Schicksal, plötzlich aber erkannte er, was es wirklich war: etwas Vorübergehendes. Sämtliche Bilder in seinem Kopf änderten sich, und jetzt wollte er, dass sie aus freien Stücken zu ihm kam, und er konnte kaum den nächsten Morgen erwarten, um zu sehen, wie es mit ihr sein würde, ja, wie es wäre, wenn sie tatsächlich tot war.

FÜNF

Die Straße vor dem Haus der Breakstones war wegen der Bauarbeiten ständig verstopft, was Mark am nächsten Tag zusammen mit den sich türmenden Müllsäcken und dem fallenden Laub ausreichend Deckung während jener kritischen Minuten bot, in denen Heather kam oder ging. Er wusste nicht, was er eigentlich wollte, nur dass er bereit sein musste, ihr notfalls zu Hilfe zu eilen. Und natürlich suchte er auch irgendeinen Beweis, nicht um ihn Karen vorzuhalten, sondern um damit zur Polizei zu gehen. Und als er an diesem Tag seine Tochter und den Arbeiter zweimal stumm aneinander vorbeigleiten sah wie die Figuren einer mittelalterlichen Turmuhr, wusste er, dass er etwas unternehmen musste.

*

Karen schmollte immer noch, und Mark achtete darauf, sich liebenswert zu geben und ein so schlechtes Gewissen an den Tag zu legen, als hätte er auf einer Party einen über den Durst getrunken. Als sie abends zu Bett gingen, hatte sie keine Ahnung, dass Mark in Gedanken das Gerüst von der Wand löste, im feuchten Keller die Stromleitung durchtrennte oder den Arbeiter – das gefiel ihm am besten – in ihre Wohnung lockte und erschoss, weil er seine Tochter belästigt hatte, wie ja schließlich jeder bestätigen konnte, und dann mit einem Küchenmesser eingebrochen war, das Mark ihm nach vollzogener Tat in die Hand drücken würde. Zu guter Letzt gelang es Mark einzuschlafen, aber erst nachdem er sich wieder und wieder den Tod des Arbeiters ausgemalt hatte, den er in den meisten Versionen mit bloßen Händen erwürgte.

Nach ein paar Tagen eröffnete Mark seiner Assistentin, dass er eine neue Stelle suche, und bat sie, seinen irregulären Tagesablauf zu vertuschen. Er hatte damit begonnen, zweimal täglich zwei Stunden lang das eigene Haus zu beobachten, und ihm fiel auf, wie lässig und wenig zweideutig sich der Arbeiter im Umgang mit allen außer Heather verhielt. Die anderen Handwerker waren ihm gegenüber offenbar so misstrauisch wie Mark. Sie kamen gemeinsam und fuhren gemeinsam wieder ab, zusammengedrängt in rostige Pick-ups mit New-Jersey-Nummernschildern, und immer musste der Arbeiter auf der Ladefläche sitzen. Mehrmals am Tag machten sie Zigaretten- und Kaffeepausen, stets ohne den Arbeiter, der sich auch nur selten im Penthouse aufhielt, wo die meiste Arbeit anfiel. Er bekam die unangenehmsten Aufgaben zugeteilt und wurde auch nicht zum Mittagessen gerufen.

Getrieben von dem Drang, Heather zu beschützen, nicht minder aber von der Angst, gesehen zu werden, ließ Mark in seiner Beobachtung nicht nach. Ihm war klar, dass er eine Ausrede parat haben musste für den Fall, dass ihn Karen oder Heather, ein Nachbar oder Leute auf der Straße entdeckten, die Touristen, Kindermädchen, Lieferanten, Schulkinder oder Frauen in Yogahosen, aber sie bemerkten ihn nie. Und eines Tages wurde Marks Wachsamkeit belohnt, als er Zeuge wurde, wie Heather von der Schule kam und sich mit dem Arbeiter unterhielt.

Sie hatte den Anfang gemacht. Das Gespräch war kurz und schien den Arbeiter ebenso zu verblüffen wie Mark. Dabei kam es aber nicht darauf an, worüber die beiden redeten, ob sie sich bereits kannten oder wie zurückhaltend die Antwort des Arbeiters ausfiel. Für Mark zählte allein, dass seine Tochter ihre unschuldige Hand freundlich lächelnd in die Flamme gehalten und dass der Arbeiter Mark nicht gesehen hatte.

Dass Mark nicht völlig in Panik geriet, lag allein an dem ahnungsvollen Gefühl, hier bahne sich ein möglicher Ausweg an. Er überschlug die Lage. Dies war ein für sein Alter nicht mehr jung aussehender, ungelernter und vermutlich ungebildeter Tagelöhner am äußersten Rand der Gesellschaft, ohne Gewerkschaft, ohne Geld oder Schutz an einem gefährlichen Arbeitsplatz. Es wurde grauer und kälter, während Mark zusah, wie Heather schließlich ins Haus ging, und er harrte, vor Kälte zitternd, zwei weitere Stunden aus, bis die Handwerker Schluss machten und der Arbeiter auf den Pick-up stieg.

Mark erwog kurz, ein Internet-Café zu suchen, um herauszufinden, wo man eine Waffe kaufen konnte, ohne eine elektronische Spur auf seinem Handy oder Computer zu hinterlassen, dann aber fragte er sich, wann er zuletzt ein Internet-Café gesehen hatte, und beschloss, gleich am nächsten Morgen in die Bibliothek zu gehen. Die einzig praktische Idee war vermutlich die, wie einer dieser Milliardäre einen privaten Bodyguard zum Schutz seiner Familie anzuheuern.

*

Als Mark schließlich nach Hause kam, umarmte er Heather, lächelte Karen an und nahm sich vor, bei seinem Boss die Adresse einer verlässlichen, diskreten Sicherheitsfirma zu erfragen. Und er ging mit dem Gedanken zu Bett, dies gleich am nächsten Morgen zu tun, dabei wusste er, dass er eigentlich keine fremde Hilfe beanspruchen und vor allem keinerlei Fragen beantworten wollte. An diesem Abend schlief er problemlos ein, erschöpft, doch mit dem Gefühl, eine Lösung gefunden zu haben.

Marks Träume in dieser Nacht waren so lebhaft, dass er nicht mehr wusste, ob er wirklich noch schlief. Er sah sich über die Leitern außen am Gerüst hochklettern und über die unmittelbare Umgebung auf die Baumwipfel im Park schauen, dann in die andere Richtung: ein Kirchturm und die Park Avenue, leicht verschwommen einige gelbe Taxis. Dann warf er einen Blick in Heathers Schlafzimmer. Sie war nicht da, also sah er durchs eigene Schlafzimmerfenster, und da lag Heather auf dem Elternbett, nichts als Socken an, Gesicht zur Decke und aufgeschlitzt wie ein Stück Wild, ausgeblutet auf der weißen Chenille-Decke.

*

Seltsamerweise fand er das gar nicht grauenhaft. Dann stand er im Zimmer am Fuß des Bettes, als ihr geschändeter Leichnam mit ihm zu reden begann, das Gesicht lebendig und wie immer. Sie sagte so etwas wie: «Warum hast du mir das angetan, Daddy?» Ja, genau das sagte sie, und bei der dritten Wiederholung begriff er, dass es ein Traum war, und er weckte sich daraus auf und wusste, er würde nie wieder schlafen wollen.

Mark glaubte nicht an Übersinnliches und hielt auch nichts davon, Träumen prophetische Qualitäten zuzuschreiben. Er wusste, dass dieses Bild nur ausdrückte, was ihn im Wachen beschäftigte, und eine Deutung war auch nicht besonders schwierig. Ihm war klar, dass es seine Angst um Heathers Leben ausdrückte und dass, sollte ihr etwas zustoßen, selbst sie wissen würde, dass er schuld war. Während er im Flur vor dem Zimmer seiner Tochter saß und versuchte, ihre gespenstische Anklage aus seinem Kopf zu verdrängen, fiel ihm auf, dass der Traum auch eine andere Bedeutung haben mochte. Was, wenn Karen recht hatte? Was, wenn sein Verstand wirklich irrationalen Ängsten erlegen war? Was hatte er schließlich anderes gesehen als einen Mann, der seine Tochter begehrte? Davon gab es weiß Gott viele.

Er weigerte sich, die abscheulichen Unterstellungen zu

akzeptieren, die Karen vorgebracht hatte, vielleicht aber hatte sie ihm diesen Gedanken in den Kopf gesetzt, und vielleicht hatte er ihm allzu sehr nachgegeben, und es war zu diesem Traum gekommen, weil in den letzten Tagen gar keine anderen Gedanken möglich gewesen waren. Er war nicht pervers, das wusste er. Er war auch nicht eifersüchtig auf jene Männer, nicht auf solche Weise. Er mochte sich zwar nicht vorstellen, wie ein anderer seine Tochter penetrierte, aber er wollte auch ganz bestimmt nicht selbst ihr Liebhaber sein. Er wollte nur, dass sie seine Tochter blieb, so wie jetzt auch, und dass es nie aufhörte. Mark sah ein, dass er Heather loslassen und dass sie erwachsen werden musste, dass er sich damit abzufinden hatte, was immer auch aus ihrer Beziehung werden würde, denn das mussten Eltern nun mal. Es würde ihm das Herz brechen, aber das war normal.

*

Karen konnte den großen Streit mit Mark nicht vergessen. Anfangs hatte sie ein schlechtes Gewissen, da sie mit ihren unsicheren Mutmaßungen über seine Phantasien das Ganze natürlich erst losgetreten hatte, und als sie dann um sich schlug, hatte sie bloß ihren blöden Fehler verteidigen wollen. Er hatte seine Stelle nicht verloren, und er hatte keine Affäre. Es war alles nur ein Missverständnis, und sie hätte sich am liebsten geohrfeigt, weil sie ihre Gefühle einfach nicht für sich behalten konnte, wenn sie sich angegriffen fühlte, aber er war ja komplett durch den Wind gewesen, und letzten Endes hatte er vielleicht nur einen Vorwand gesucht, um auszusprechen, was in ihm vorging. Was er gesagt hatte, war grausam, aber es bestätigte ihre Vermutung, dass er nämlich kein bisschen anzuerkennen wusste, was sie tat. Und seine Worte hatten auch etwas Gutes, denn nach Jahren, in denen sie das Gefühl gehabt hatte, immer weniger geschätzt zu werden, war ihr unmissverständlich klargemacht worden, dass sie mehr für sich selbst tun musste.

Sie brauchte mehr Menschen um sich herum. Sie war zu sehr im eigenen Denken gefangen, weil sie meist mit Fremden zu tun hatte, was sie ängstlich und zerstreut machte. Dabei hatte sie sich immer enge Freundschaften gewünscht, nur sah sie jetzt ein, dass Konkurrenzdenken ihr Leben lang das Schlimmste in den Menschen zum Vorschein gebracht hatte und dass ihr Sozialleben von allseitiger Oberflächlichkeit und Aufschneiderei bestimmt gewesen war. Karen hoffte, endlich eine Vertraute finden zu können, jetzt, da die anderen Frauen allesamt von ihren rebellischen Töchtern, den asexuellen Ehen, ihrem Diätwahn oder dem Ärger mit den Immobilien erniedrigt worden waren.

*

Am Tag nach dem großen Krach mit Mark dachte Karen an eine der Mütter in der Schule, die aus ihrem Blickfeld verschwunden war, als deren Tochter sich für die Tauchmannschaft und gegen den Debattierclub entschied.

Karen hatte die Frau gemocht, da sie immer sehr nett gewesen war und lustige Geschichten von ihrem Mann zu erzählen wusste, einem angesehenen Scheidungsanwalt. Karen rief unter dem Vorwand an, sie plane eine Benefizveranstaltung für Mädchen aus minderbemittelten Familien, die in die Gruppe von Heather oder die des anderen Mädchens gingen und bei Reisen finanzielle Unterstützung brauchen konnten. Nervös wählte sie die Nummer und überlegte dabei, wie sie das fiktive Ereignis nennen sollte. Ihr professioneller Sachverstand war nach all den Jahren gleich wieder da, und statt für alberne Wortspiele entschied sie sich für «Dabeisein ist alles!». Sie aßen zusammen zu Mittag und gaben beide nur wenig von sich preis, aber Karen genoss es, auch einmal zu jenen zu gehören, die urteilsfreudig und angewidert über Filmstars und Promis redeten, insbesondere über deren private Angelegenheiten und Liebesleben.

Einen Tag später bekam Karen eine Stelle im Secondhandladen eines Krankenhauses in der 2nd Avenue, unbezahlt natürlich, aber fünf Stunden täglich an fünf Tagen die Woche; und sie händigten ihr einen Schlüssel für die Eingangstür aus. Die Vorteile, die der Job mit sich brachte, machten sich prompt bemerkbar. Die übrigen Angestellten waren alle weiblich, darunter viele ehemalige Krebspatientinnen, die älter waren oder älter aussahen, weshalb die Männer, die in den Laden kamen, um etwa einen Burberry zu kaufen, sich oft um Karens Aufmerksamkeit bemühten und mit ihr flirteten, sobald ihre Frauen mal abgelenkt waren. Der Laden profitierte gleichfalls, war Karen doch schon nach zwei Tagen ihre beste Kundin. Sie gab ihrem Hang zum Luxus nach, insbesondere ihrer durch ein geschultes Auge unterstützten Vorliebe für Vintage Haute Couture. Ihrer relativen Jugend wegen und dank eines durchtrainierten Körpers war sie auch die Einzige, die diese Sachen tragen konnte.

Karen verstaute die gekauften Kleider samt Schmuck und sonstigem Gepäck hinten im Laden und probierte die Sachen in den Pausen an, überlegte, ob sie umgearbeitet werden mussten, wann sie was tragen sollte und wie gut dieser Koffer doch zu jenem Vintagestück passte. Über diesem neuen Ritual wurde ihr mit einem Mal bewusst, wie sehr sie diese Zeit mit sich selbst genoss, und sie fragte sich, wieso sie so lange so wenig für sich getan hatte. Mark hatte ganz augenscheinlich keine Ahnung, wie glücklich er sich schätzen konnte. Sie war schlank und geschmeidig und so unübersehbar wie an dem Tag, an dem sie sich kennengelernt hatten, die falsche Partie für einen hässlichen Mann.

Kaum eine Woche war vergangen, seit Mark sie angeschrien hatte, und seine Versuche, sich zu entschuldigen, waren kaum überzeugender als seine plötzliche Freundlichkeit. Heather war durch das sonnige Lächeln vielleicht zu täuschen, aber Karen sah die Falten in seinen Mundwinkeln, die dunklen Ringe um die Augen, die seine Frustration verrieten. In der Nacht lag sie wach im Bett, tastete nach ihm und dachte, wie schlaff er doch geworden war, seit er all seine nachlassende Kraft gegen imaginäre Feinde lenkte.

Vielleicht sollte sie diese Spendenaktion wirklich durchziehen, vielleicht wurde davon ja auch Heathers Sinn für Wohltätigkeit geweckt, und sie übernahm den Vorsitz im Schülerkomitee. Karen freute es riesig, dass ihre neue Freundin, bald eine von vielen, den Plan einfach genial fand und sich mit ihr gleich zum Abendessen verabreden und alles auch mit ihrem Mann, dem Scheidungsanwalt, durchgehen wollte, der bestimmt in vielerlei Hinsicht nützlich sein konnte. Während Karen im Dunkeln vor sich hin lächelte, schreckte Mark auf, schweißgebadet und verängstigt, aber Karen drehte sich nur mitleidlos auf die Seite, überzeugt, ihr Mann müsse spüren, wie stark sie geworden war und wie sie immer noch stärker wurde. Ihr Verstand schärfte sich wie von allein und produzierte mühelos neue Ideen, große Ideen.

*

Am nächsten Morgen duschte sich Mark und ging ins Büro, froh, sich an die Routine halten zu können und eine Arbeit zu haben, vor allem auch, weil er so erschöpft war und jedes Mal, wenn der schreckliche Traum in ihm aufblitzte, eine Woge von Übelkeit unterdrücken musste. Er hätte mal wieder joggen gehen können, aber ihm fehlte die Energie dazu. Alles ging ihm durch den Kopf, der Arbeiter, Heathers Gesichtsausdruck und natürlich, wie sehr Karen ihn verurteilte, doch fragte er sich jetzt, ob er nur so sehr darüber grübelte, um dem eigentlichen Problem aus dem Weg zu gehen. Sicher, in sein Arbeitsleben kam gerade Bewegung, und es stimmte auch, dass das Haus renoviert wurde, nur reichte seine Unzufriedenheit viel tiefer, und er schaute aus dem Fenster auf die mit Kränen und Stahlskeletten gespickte Skyline von Manhattan in all ihrer Einsamkeit. Irgendwann hatte Karen einfach aufgehört, über seine Witze zu lachen, ihn auch nur wahrzunehmen, und seither war Heather sein Publikum geworden.

Mark saß da, nippte am wässrigen Bürokaffee und fragte sich, was das Leben noch zu bieten hatte, wenn das Kind einmal großgezogen war. Hatte er sein Glück für Frau und Tochter geopfert? Bereitwillig, gewiss, aber Karen und er hatten sich komplett auseinandergelebt, und die meisten Männer würden da einen Neubeginn mit der Hälfte des Geldes und einer anderen Frau ins Auge fassen. Heather hatte ihr Elend miterlebt und war alt genug, um zu begreifen, dass eine Scheidung das Beste für sie alle wäre. Aber der ganzen Maschinerie zum Trotz, die von der Zivilisation für Trennungen und Neuanfänge bereitgestellt wurde, konnte sich Mark nicht vorstellen, die nötige Kraft dafür aufzubringen.

Sein Vater, der Footballtrainer, war ein ziemlich körperbetonter Mann gewesen, und seit dem Tag, an dem Mark zum ersten Mal beim grunzenden Tackling der Spieler zusammengezuckt war, hielt sein Vater ihn für einen Angsthasen. Natürlich hatte er Angst gehabt. Die Oberarme seines Vaters waren gewaltig, und er war ein launischer Mann, der Niederlagen in jedem Lebensbereich sehr ernst nahm, weshalb Mark einzustecken lernte und sich anzupassen versuchte, um solch einseitige Konfrontationen künftig zu vermeiden. Mark musste rennen, nicht im Kreis, nicht fort und zurück, sondern in gerader Richtung weg von daheim, bis er nicht mehr rennen konnte und zu müde war, um irgendwas anderes zu tun, als von vorn zu beginnen, wo immer er da auch gerade sein mochte.

Kurz vor dem Mittagessen entschied sich Mark, nach Hause zu gehen und seine Joggingsachen zu holen. Nachdem er den Mantel angezogen hatte, löschte er auf seinem Handy das Foto von dem Arbeiter. Es machte ihn wütend und widerte ihn an, aber noch während ihm diese bewusst symbolische Tat eine kurze Befriedigung gewährte, fragte er sich, ob man heutzutage überhaupt noch irgendetwas vollständig löschen konnte.

*

Als er aus dem Gebäude ins graue Mittagslicht trat, war er ganz ruhig. Er rief ein Taxi und spürte leichtes Prickeln in der Nase, dann einen Geruch, als wäre heute der erste Wintertag. Er dachte an Heather und daran, dass es keines dieser Gefühle gäbe, wenn er statt einer Tochter einen Sohn gehabt hätte. Und er gestand sich auch ein, dass Heather schrecklichen Schaden nehmen würde, sollten sich ihre Eltern scheiden lassen, und dass ihm in letzter Zeit unvernünftige Gefühle nicht zuletzt deshalb so zusetzten, weil er zu wenig geschlafen und keinen Sport getrieben hatte.

Wahrscheinlich würde alles wie geplant weitergehen, würden Karen und er zusammenleben, bis schließlich einer von ihnen stürbe und den anderen allein zurückließe. Aus hohem Alter zurückblickend, sah er, was für ein bemerkenswertes Leben Heather als Anwältin oder gar als US-Präsidentin führen und dass sie dank ihm nicht wie seine arme Schwester enden würde, die Hungerkünstlerin, die niemals erfahren sollte, was für Verheißungen jenseits ihrer Tat möglich gewesen wären.

Als Mark aus dem Taxi stieg, machten die Bauarbeiter zum Glück gerade Mittagspause, doch während er durch die Lobby ging, stellte er fest, dass der Pförtner nicht an seinem Platz war, dafür aber der Arbeiter auf einem Heizkörper hockte, auf sein Handy stierte und aus einer Flasche in einer Papiertüte trank, Alkohol, vermutete Mark. Er stand vor dem Fahrstuhl und spürte, wie, während sich ihm die Nackenhaare aufstellten, sein Entschluss, den Mann zu ignorieren, sich in nichts auflöste. Als er sich umdrehte, sah er gerade noch, wie der Arbeiter ihm nachstarrte.

Der Blickkontakt war kurz, aber durchdringend, und Mark spürte, wie ihm der Magen in die Kniekehlen sackte, als müsse er auf der Stelle scheißen. Es ließ sich nicht länger übersehen, dass ein Tier in der Lobby war, die Lider schwer von gleichgültiger Gier, die Schultern vorgebeugt, angespannt und zum Sprung bereit. Marks Herz hämmerte, und er fragte sich, wie lange diese Kreatur noch vor seiner Schwelle lauern wollte, die sich mit nichts anderem zufriedengeben würde als mit seinem Kind.

Als sich die Fahrstuhltür öffnete, hätte Mark nach oben fahren, seine Joggingsachen anziehen und wieder gehen sollen, stattdessen aber hielt er die Tür mit dem Unterarm auf. Sein Mund war fast zu trocken zum Sprechen, und er hoffte, nicht ängstlich zu klingen, als er den Arbeiter fragte, ob die anderen alle Mittagspause machten. Er konnte es nicht fassen, dass er geredet hatte, die Stimme so laut, jede schuldbeladene Silbe hallte von den Marmorwänden wider. Der Arbeiter nickte, und Mark begriff, dass sein Verstand ihm weit voraus gewesen war, als er am Morgen das Foto gelöscht hatte. Offenbar hatte er schon vor Stunden beschlossen, was zu tun war, hatte auf eine Gelegenheit gewartet und bereits damit begonnen, alle Spuren zu verwischen.

*

«Könnten Sie mir wohl helfen, etwas nach oben zu bringen?», fragte Heathers Dad. Bobby hatte sich leicht aufgerichtet, als ihr Vater hereingestürmt kam, noch verbissener und biestiger als sonst, und da die Bauleute in der Lobby nicht essen, geschweige denn Bier trinken durften, rechnete er schon damit, dass Heathers Alter ihm die Hölle heißmachen oder ihn beim Vorarbeiter anschwärzen würde. Bobby hatte sich den Mann noch nie genauer angesehen; der Typ interessierte ihn nicht, und wenn er mit Heather zusammen auftauchte, war er nur im Weg, umschwirrte sie wie eine lästige Fliege. Von nahem war er jedenfalls genau so, wie Bobby es vermutet hatte, eine dieser Arschgeigen, die glauben, die ganze Welt müsse für sie springen, dabei war er trotz seines Kommandotons auch nur so ein fettgesichtiger Penner und ein Schisser, vor allem heute, ohne seine Angeberaktentasche.

*

Nichts aber konnte Bobbys Vorfreude darauf schmälern, bald in Heathers Wohnung zu sein, also trottete er zum Fahrstuhl, den Kopf gesenkt, damit man ihm seine Gier nicht ansah. Auf dem Gang hastete Heathers Dad zur Wohnungstür, konnte jedoch nicht auf Anhieb den richtigen Schlüssel finden und blickte sich so oft über die Schulter, dass Bobby schon glaubte, er brauche Hilfe. Endlich ging die Tür auf, und eine Hitzewoge quoll heraus, die derart mit Heathers Gerüchen gesättigt war, dass Bobby kurz am Türrahmen Halt suchen musste.

Er folgte Heathers Dad durch den stickigen Flur, vorbei am protzigen Wohnzimmer in einen schmalen Gang, an dem, wie Bobby wusste, die Schlafzimmer lagen. Er suchte nach Spuren von ihr, einem Schuh, einem Pullover, und wäre am liebsten einfach abgebogen, hätte ihrem Alten eins übergebraten, um dann in ihrem Zimmer für sie bereit zu sein, wenn sie nach Hause kam. Stattdessen lief er hinterher und hörte mit halbem Ohr dem angeberischen Gelaber ihres Vaters zu, der in Schweiß gebadet war, als sie in die Küche kamen, in die durch ein offenes Fenster kühle Luft drang.

*

Bobby hatte schon viele schöne Wohnungen gesehen, aber immer nur vom Gerüst aus; in einer drinnen war er noch nie gewesen, zumindest in keiner, die nicht ausgeräumt worden war oder gerade entkernt wurde. Sie hätte viel größer gewirkt, wenn nicht so viel Zeugs herumgestanden hätte, trotzdem fand er das alles hier aufregend, weiße Wände und grüner Teppich, die Fernseher und diese kleinen Dekosachen aus Messing, und am liebsten hätte er sich in den roten Polstersessel gehockt und sich aus dem Kristallglas einen Whiskey gegönnt. Er wusste, hier wohnten Leute, die ständig ins Kino gingen und in Restaurants, die in Flugzeugen saßen und überall Bilder von Pferden stehen hatten.

Er blickte zu ihrem Vater, der ihm immer noch den Rücken zuwandte: So übel war der arme Kerl eigentlich nicht; er hatte eine Frau mit großen Titten, und sie beide zusammen hatten Heather gemacht. Eigentlich hatten sie all das hier gemacht, und ob es ihnen nun passte oder nicht, sie hatten es für ihn gemacht. Bobby betrat die Küche, in der die Schränke und sogar der Kühlschrank Glastüren hatten. Alle waren sie voll mit Lebensmitteln, und er versuchte sich vorzustellen, wie das hier funktionieren könnte. Zum ersten Mal dachte er weiter als daran, sie zu töten. Er sah sie in einem babyblauen Morgenmantel am Herd stehen und ein Ei für ihn braten.

*

Als Mark vor der Wohnungstür stand, bereute er es schon, den Arbeiter angesprochen zu haben. Die beiden hatten im Fahrstuhl so nahe beieinandergestanden, dass ihm von dem Gestank nach Bier, Zigaretten und dreckiger Wäsche fast schlecht geworden wäre, und an der Schläfe unter dem kurzrasierten silbrigen Haar hatte er eine Ader pulsieren sehen. Er hatte auch gesehen, wie der Arbeiter die Tür zuzog und sich dann kurz anlehnte, wie er durch die Nase tief einatmete, als wolle er die ganze Wohnung in sich einsaugen. Mark mochte ihm eigentlich nicht den Rücken zukehren, aber er konnte auch nicht riskieren, dass ihre Blicke sich trafen und der Arbeiter seine Furcht sah. Also wich er vor ihm zurück und schwatzte dabei wie ein Makler über die verschiedenen Räume der Wohnung.

So oft hatte Mark sich vorgestellt, diesen Mann zu töten, aber jetzt, hier, in der Realität, hatte er keine Waffe, keine große Rohrzange und natürlich auch keinen körperlichen Vorteil; diesen dicken Hals würde er jedenfalls nie mit seinen Händen umspannen können. Er spürte, wie es ihm eiskalt über den Rücken lief, als er begriff, dass er nichts anderes getan hatte, als die Gefahr in sein Heim einzuladen, wo er sterben konnte von der Hand dieses untersetzten, krummrückigen Affenmenschen, der immer noch kein Wort gesagt hatte.

Mark durfte nicht stehen bleiben, und im Weitergehen merkte er sich jede Waffe, an der sie vorbeikamen, den Schirmständer aus Steingut, den Schürhaken am Kamin, den Humidor aus Mahagoni. Sie gingen auf direktem Weg zur Küche: In der gab es Messer. Betrat er als Erster die Küche, könnte er sich das Kochmesser schnappen, herumwirbeln und ihn überraschen. Besser noch, er rannte zur Tür und die Treppen hinunter auf die Straße.

Mark hörte die schweren Schritte direkt hinter sich und wurde schneller, konnte dann aber nur zusehen, wie ihn der Arbeiter überholte, die geräumige Küche betrat und sich zu ihm umwandte. Mark sank das Herz, und zugleich raste es; der Arbeiter war anderthalb Meter entfernt, außer Reichweite, eine massige Silhouette vor dem hellen grauen Licht aus dem Fenster.

Bobby blickte sich in der Küche um, nahm aber nichts wahr, weil sich Körper und Gedanken zu sehr der Zukunft zugewandt hatten. Noch mal zur Schule gehen konnte er nicht mehr, aber er war sparsam; und er würde Heather eine Wohnung besorgen, nein, ein Haus. Sie war von Geburt an reich, und ihre Eltern würden nicht wollen, dass sie nicht in einem eigenen Haus wohnte, also würden sie ihnen unter die Arme greifen, und das gern, denn Bobby würde so hart arbeiten wie noch nie, und dafür würden ihn alle respektieren. Und er würde von hinten an sie herantreten, seine Arme um ihre Hüfte schlingen, und sie würde ihn anlächeln, so wie bei den Liebespaaren im Fernsehen.

Das Gesicht des Arbeiters war dunkel bis auf die blauen Augen, als er einen Schritt auf den Herd zuging. Mark spürte, wie er die Beinmuskeln anspannte, als er sich vorbeugte, zu einem Tacklingschritt ansetzte, den Arbeiter mit vollem Gewicht an der Hüfte traf, aus dem Gleichgewicht brachte und rücklings genau ins niedrige, offene Fenster stieß, durch das Bobby ohne einen Laut neun Stockwerke tief nach unten fiel, wo der schmatzende Laut des Aufpralls von einer Autohupe übertönt wurde.

*

Karen hatte sich an diesem Tag mit einer Freundin zum Mittagessen verabredet, die sie noch aus ihrer PR-Zeit kannte und die inzwischen Chefsekretärin des Herausgebers eines Frauenmagazins war. Karen wollte mit ihr über ihren wiedererwachten Ehrgeiz reden, tatsächlich aber schwelgten sie hauptsächlich in Erinnerungen. Ihre Freundin hatte sie nicht gerade überflügelt, konnte aber viele Geschichten über ehemalige Untergebene erzählen, die inzwischen in der Welt der Medien den Ton angaben. Doch als die Freundin ihr klarmachte, dass es in dieser Branche keinen Platz für Karen gab, dass es den vielleicht nie gegeben hatte und sie sich wohl am besten für ihre unbezahlte Arbeit bei wohltätigen Organisationen und in Secondhandläden eignete, fiel Karen wieder ein, warum sie den Kontakt zueinander verloren hatten.

Beim Betreten der Wohnung lagen ihr Jahre des Bedauerns im Magen, und während sie sich durch den aufgeheizten Eingangsbereich zur kühlen Luft in der Küche schleppte, spürte sie wellenartig Wärme in sich aufsteigen, vielleicht der Beginn ihrer Menopause. Mark saß im T-Shirt am Tisch, den Kopf auf die verschränkten Arme gesenkt; durch das offene Fenster hinter ihm blies eisiger

Wind herein. Sie sprach ihn mit seinem Namen an, und er blickte auf, als sei er krank, das Gesicht faltiger und älter als noch am Morgen, falls sie ihn denn an diesem Morgen überhaupt wahrgenommen hatte.

Da sie sah, dass seine Schwäche ihren Trost verlangte, ging sie neben ihm in die Hocke, und er sagte ihr mit leiser, aber fester Stimme, dass er den Arbeiter aus dem Fenster gestoßen habe und der jetzt tot zwischen den Häusern liege. Karen hastete ans Fenster, blickte nach unten und entdeckte Bobbys Leichnam, eine Blutlache unter dem Kopf, ein Bein ganz verdreht, der Fuß berührte die Schulter.

Sie setzte sich neben Mark hin, der stammelnd ein vollständiges Geständnis ablegte, das ihn in allen Einzelheiten belastete. Beim Zuhören wurde ihr klar, dass er ihrer aller Leben zerstört hatte, und sie schlug ihm mit voller Kraft ins Gesicht. Mark ließ es geschehen, nahm dann aber ihre Hände, eine nach der anderen, und schaute ihr in die Augen. «Ich weiß es ganz genau. Ich bin mir sicher», sagte er. «Egal, welche Probleme diese Familie hat, ohne Heather gäbe es keine Familie.»

Sie hörte ihn und nahm einen Moment lang den Raum in seiner Gänze wahr, sah gleichsam aus der Vogelperspektive, wie klein und allein sie waren. Sie merkte, dass Mark gerade nicht klar denken konnte, und die gesamte Wohnung schien sie zu fragen, was jetzt zu tun war, und schließlich brach sie in Tränen aus, die Hände im Schoß.

*

Mark starrte sie an, als sie tief Luft holte, sich dann die Augen wischte und ihm mit fester Stimme vorschlug, Heather vom Debattierclub abzuholen, mit ihr in ein Restaurant zu gehen und so spät wieder nach Hause zu kommen, dass sie tun konnten, als seien sie vom Geschehenen überrascht. Mark senkte den Blick wieder, nickte, und Karen stand auf und ging zur Espressomaschine. In den folgenden Minuten war nichts weiter zu hören als das Klappern von Geschirr und zischender Dampf, während Karen einen Cappuccino machte, ihn vor ihren Mann hinstellte und zusah, wie er daran nippte, als wäre es Medizin.

*

Als die Familie Breakstone wenige Stunden später zu ihrer Wohnung zurückkehrte, rechnete Karen damit, dass Blaulichter in ihrer Straße blitzen, Absperrband sich um die Häuser ziehen würde und sie ihr Bestes zu geben hätte, um Mark aus seiner Benommenheit wachzurütteln, damit er entsprechend schockiert wirkte, während sie sich an den Gaffern vorbei ins Haus drängten. Der Beamte vor Ort würde nur wenige Informationen haben, genauere Untersuchungen stünden noch aus, aber alle sollten sich jetzt in ihre Wohnungen begeben; es habe nun mal einen Unfall gegeben, so etwas komme vor, aber zum Glück gehe es ihnen ja gut. Karen würde vorschlagen, die Nacht in einem Hotel zu verbringen, würde Mark schließlich seine Zustimmung entlocken, und sie würden gehen, er einen tröstenden Arm um die Tochter gelegt, die ihren Rucksack mit schlaffer Hand über den staubigen Marmorboden hinter sich herzöge.

Doch als sie heimkamen, war das Haus dunkel, so still wie nie und als wäre es gänzlich verlassen, sodass sie einfach nach oben fuhren und sich schlafen legten. Mark ging als Erster ins Bett, da er im Bistro viel getrunken und nichts gegessen hatte, eine spontane Feier, Heather zu Ehren, die, obwohl noch Studienanfängerin, gleich in den Debattierclub aufgenommen worden war. Karen wartete, bis bei ihrer Tochter das Licht erlosch, dann zog sie sich auch aus, ging zu Bett, ohne sich die Zähne zu putzen, und widerstand der Versuchung nachzusehen, ob die Leiche des Arbeiters noch draußen lag.

Sie starrte Mark an, der so fest schlief, ihre Angst ein Krampf im Bauch, und sie begriff, dass es in den kommenden Tagen – und vielleicht noch sehr, sehr lange – ihre Aufgabe sein würde, dafür zu sorgen, dass er nicht dem Drang zu einem Geständnis nachgab. Sie musste zwischen seiner Schuld und jedem Gespenst stehen, das in ebendiesem Augenblick aus der Gasse aufsteigen mochte.

Im dunklen Schlafzimmer sah Karen ihren Mann an und begriff, dass er seine Gründe gehabt hatte, denn sie kannte ihn und würde niemals Angst vor ihm haben. Plötzlich fühlte sie sich frei von allen Beklemmungen; sie verstand, dass sie nun auf immer aneinander gebunden waren. Sie streichelte ihn, bis er sich regte, und dann liebte sie ihn, aggressiv, auf ihm reitend, und er war betrunken genug, sich ganz zu vergessen und mit der Kraft frisch erwachten Verlangens auf sie zu reagieren.

Bobbys Leichnam wurde erst am nächsten Morgen entdeckt, als sein Ersatzmann mal kurz in der engen Gasse verschwinden wollte. Die Zeitungen gingen von einem Arbeitsunfall aus, eine Auffassung, der sich der Gerichtsmediziner anschloss. Heather erschütterte diese Tragödie, sie legte Blumen an die Stelle, und Mark und Karen warteten einen ganzen Monat, ehe sie ihre Wohnung zum Verkauf anboten.

DANK

Es war für mich die Erfüllung eines Kindheitstraums und ein lebensveränderndes Ereignis, dieses Buch zu schreiben, und wie bei allem, das ich je versucht habe, ging es nicht ohne die Hilfe von anderen. Mein Dank erfolgt in der Reihenfolge, in der mich Ermutigung und Unterstützung erreicht haben.

Dank zuerst an A. M. Homes, die großherzig genug war, mir nicht nur Einblick in ihr eigenes Schreiben zu gestatten, sondern auch meine Furcht vor dem neuen Autorenleben zu spüren, die mir daraufhin einen Aufenthalt in der Künstlerkolonie Yaddo vorschlug und ermöglichte. Ohne sie gäbe es mein Buch nicht.

Ich verdanke der Energie, Intelligenz und dem Witz der Yaddo-Stipendiaten des Herbstes 2015 sehr viel; es waren u. a. Eric Lane, Patricia Volk, James Godwin, Christopher Robinson, Lisa Endriss, Nate Heiges, Gavin Kovite, Rachel Eliza Griffiths, Pilar Gallego, insbesondere aber Isabel Fonseca und Matt Taber, die so viele Versionen der Story hörten wie die Bäume im Garten und mich unablässig anspornten. Dank an Semi Chellas, die sich durch die erste Version kämpfte und mir beibrachte, wie man

Leerzeichen richtig setzt. Sie ist eine Autorin für Autoren und kann jedem die Angst nehmen.

Dank an weitere frühe Leser, die meinem schwankenden Schifflein Wind in die Segel bliesen: Ann Weiss, Richard LaGravenese, Bryan Lourd, John Campisi, Jeanne Newman, David Chase, Blake McCormick, Karen Brooks Hopkins, Amanda Wolf, Gabrielle Altheim, Molly Hermann, Joshua Oppenheimer, James L. Brooks, Jessica Paré, Sarena Cohen, Madeline Low, Erin Levy, Gianna Sobol, Abby Grossberg, Lydia Dubois-Wetherwax, Christopher Noxon, Milton Glaser, Lisa Klein, David O. Russell, Lisa Albert, Jack Dishel, Regina Spektor, Sydney Miller, Michele Robertson, außerdem meine Eltern, Leslie und Judith Weiner.

Dank an Alana Newhouse, die die Stärken dieses so seltsamen Projekts erkannt hat. Sie ist ein Ass, eine Überzeugungstäterin, und ich bin ihr für immer verbunden.

Ich danke meiner Agentin Jin Auh für ihr unbeirrbares Vertrauen in mich und ihre kämpferische Art. Dank auch an Andrew Wylie und Luke Ingram von der Wylie Agency.

Ich danke meiner Lektorin und Mittäterin Judy Clain, deren beeindruckendes Geschick beim Umgang mit Wörtern und Menschen ihr mein unwiderrufliches Vertrauen gewann. Sie hat das Buch besser gemacht und mich daran gehindert, es schlechter zu machen. Dank an Reagan Arthur und das unglaubliche Team von Little, Brown and Company: Lucy Kim, Mario Pulice, Craig Young, Nicole

Dewey, Jayne Yaffe Kemp, Mary Tondorf-Dick und Alexandra Hoopes.

Ich danke Francis Bickmore, meinem Lektor bei Canongate, dessen Unterstützung und Fürsorge sehr wichtig waren.

Außerdem Jenna Frazier, meiner Assistentin, deren Klugheit, Können, Perfektionismus und Kunstsinn mich Tag für Tag durch den Schreibprozess gelotst haben.

So viele Leute haben mir auf dem Weg zum Schriftsteller geholfen, nicht nur indem sie mich ernst nahmen, sondern auch indem sie mir beibrachten, mich nicht zu ernst zu nehmen: Lehrer, Mentoren, Kollegen und vor allem andere Autoren, die mich forderten, kritisierten und meine dummen Fragen beantworteten. Es wären zu viele Namen, aber Jeremy Mindich ist der treueste und liebevollste Freund, den man sich nur wünschen kann.

Okay, die folgenden Namen kommen am Schluss, aber nur weil sie die wichtigsten sind. Dank meinen Söhnen Marten, Charlie, Arlo und Ellis. Ihr bringt mich zum Lachen und zum Weinen, sorgt dafür, dass ich nicht arbeiten kann, und ich fasse es nicht, wie viel ich von euch lerne. Ich hoffe, ich werde wie ihr, wenn ich irgendwann einmal erwachsen bin.

Und ich danke Linda Brettler, meiner Liebe, der echtesten Künstlerin, der ich je begegnet bin. Womit habe ich dieses Glück verdient?

Seit zwei Jahrzehnten erzählt MATTHEW WEINER erfolgreich Geschichten, zuletzt als Autor, Produzent, Regisseur und geistiger Vater von *Mad Men*, einer der einflussreichsten TV-Serien überhaupt. Davor war er u. a. als Autor und Produzent für *The Sopranos* tätig. Weiner lebt mit seiner Frau, der Architektin Linda Brettler, und ihren gemeinsamen vier Söhnen in Los Angeles. Dies ist sein erster Roman.

BERNHARD ROBBEN ist einer der renommiertesten deutschen Übersetzer, er übersetzt seit über dreißig Jahren, vorwiegend britische, irische und amerikanische Autoren. Daneben moderiert er häufig Autorenlesungen. 2003 wurde er mit dem Übersetzerpreis der Kunststiftung NRW und 2013 mit dem Heinrich Maria Ledig-Rowohlt-Preis ausgezeichnet.

MIX
Papier aus verantwortungsvollen Quellen
FSC® C083411

Das für dieses Buch verwendete Papier ist FSC®-zertifiziert.